繼母的拖油瓶是我的前女友 2

即使不再是戀人

Kadokawa Fantastic Novels

伊理戶結女
Yume Irido
升上高中時成功轉型為美少女優等生。水斗的前女友兼繼姊妹。
伊理戶水斗
Mizuto Irido
結女的前男友兼繼兄弟。孤傲的愛書人。
「都上高中了，竟然沒用過家庭餐廳的飲料吧，真稀奇呢～？
你都沒跟朋友來過呀～？」
「……喂，繼妹，幹嘛用這種欠揍的眼神看我？」

川波小暮
Kogure Kawanami
水斗與結女的同班同學。與曉月之間似乎有一段過去……？
小暮
南曉月
Akatsuki Minami
水斗與結女的同班同學。最近很黏結女。
曉月
「難得跟結女兩個人的優雅晚餐時光都泡湯了……！」
「明明就是廉價家庭餐廳，誰跟妳優雅晚餐時光啊。」

那個女生把學校指定的樂福鞋放在地板上，脫下襪子揉成一團塞在裡面，光著腳。
她像貓咪一樣駝背把下巴擱在自己的膝蓋上，出神地看著一本文庫本。
「我覺得我們是朋友喔？」
東頭伊佐奈
Isana Higashira
輕小說御宅少女，基本上是個邊緣人。在閱讀輕小說這點上與水斗意氣相投，放學後與他在圖書室共度短暫時光。

繼母的拖油瓶是我的前女友 2

即使不再是戀人

紙城境介

插畫／たかやKi

Kadokawa Fantastic Novels

目錄 Contents

前情侶的日常快照 黃金週的度假方式

選到傑作了。

我啪答一聲合起剛看完的書，看著平裝封面一會兒，然後將書擁入懷裡。

唉……我不禁嘆一口氣。

書中的種種場面，在床鋪上方的天花板層層浮現又消失。我將這每一個場面依序珍藏到心裡。這個步驟對我來說是最幸福的時光。

此時是黃金週的第二天白天。

我在學校的立場與直到去年之前截然不同，與朋友來往占據了很多閱讀時間。所以我想趁這個連假，把堆著沒看的書好好消化完畢。

而就在我拿起第二本書時……

我遇見了極致美麗的故事。

——好想跟人聊內容。

好想找人傾訴我現在的心情。

然後如果可以，希望能跟那人分享同一份心情。

可是，我在高中沒認識幾個愛閱讀的朋友。雖然也可以上網找感想，但我不是很喜歡。因為以前我曾經查過喜歡的書的讀後感想，結果弄得自己很不愉快。

閱讀的感想，最好是能夠面對面討論。

遇到這種情形，我以前都是怎麼做的……

一個男生的臉孔從記憶中浮現。喔，對了。當時我從來不愁沒人聊感想。真是太奢侈了

——想到這裡，我猛然發現一件事。

那傢伙，現在就跟我住在同個屋簷下。

「……情、情非得已……」

沒有其他選擇了。純粹基於刪去法，我決定這麼做。對，是刪去法叫我這麼做的。

我走出房間。

看了一眼隔壁房間，但感覺到一樓客廳有人，於是步下階梯。

我在找的男人，就坐在客廳沙發上。

伊理戶水斗。我的繼弟……兼前男友。

他整個人靠在椅背上，一副索然無味的表情看著電視。看起來閒到不行。

「……你……在幹嘛？」

也不知道為什麼，我把帶來的書藏到背後問道。水斗瞄了我一眼。

「手邊的書都看完了。本來想去買，但風太大就算了。」

現在客廳的窗戶還在啪啪響。雖不到颱風那麼厲害，但的確是呼呼狂吹的強風。這麼點風就不想出門……這男的是電車嗎？不過我也差不多，因為不希望頭髮被吹亂而選擇窩在家裡。

……咦？這該不會是個好機會吧？

這男的很少會因為沒書看而閒著，一個月頂多一次吧。要是錯過這個機會，這男的恐怕再也不會碰我推薦的書……

只……只能趁現在……！

「是、是喔~……？這樣呀……」

我一邊假裝不感興趣，一邊坐到離水斗有點距離的位置。

水斗看向我，詫異地皺起眉頭。我用沒拿書的手轉動玩弄髮梢，裝出不關心的模樣。冷靜下來……要假裝若無其事……

「既然這麼閒的話……要不要我借你一本書？」

完美！太自然了！一點都不奇怪！獲頒女主角獎！

水斗眉頭皺得更緊了。

「……妳在打什麼鬼主意？」

「沒、沒有啊～……？」

我別開臉不讓他看見。這點小事不要斤斤計較啦！

水斗雖然還是一臉詫異，但他說：

「好吧，總強過閒著沒事做吧……」

「就、就是呀。難得放假嘛！」

「那我就去隨便拿一本——」

「這本！」

我把藏在自己背後的書，拿到水斗的面前。

「這本！這本很好看！」

「是、是喔……？」

水斗反射性地接過了書。雖然變得好像是硬塞給他，但管他的，反正他收下了！

水斗整個人重新沉進沙發裡，一邊玩弄瀏海一邊看看封面。然後他把書翻過來，看了一遍封底的內容大綱。

「乍看之下，就只是常有的推理小說……」

「我跟你說……！」

我險些激動地談論起內容，急忙住口。

好、好想講……！好想講這本書哪裡厲害！可是又希望他能在沒有獲得任何資訊的狀態下看完……！這樣絕對比較有趣！可是我如果不告訴他哪裡有趣，他可能會不願意看……！

「……總之，你看就對了！」

左右為難了半天後，我唯一能做的就只有低著頭這樣大叫。嗚嗚嗚嗚，人類為何到現在還沒開發出遇到這種問題時的解決方案！

水斗一面詫異地看著我，一面說：

「不懂妳是怎麼了……不過好吧，知道了。」

他打開封面，開始閱讀內文。很好……！

以男生來說較纖細的手指慢慢翻頁，翻過推理小說必有的登場人物一覽表，進入序章。

我從旁定睛觀察繼弟開始閱讀文字的神情。

水斗瞥了我一眼。

「……妳這樣我很難看書耶？」

「啊……抱、抱歉。我坐遠一點！」

我急忙拉開距離。千萬不能打擾到他……！

我從一公尺外盯著水斗瞧，他露出了一個算不上苦笑的表情。

「……………好吧，沒差。」

他的視線再度落回書中，手指翻動書頁。

我目不轉睛，注視著他的側臉。

但我看得出來，眼前的男生越來越投入於書中世界。我也被他影響而不禁屏氣凝神。我回想起自己閱讀時的心情，想像他腦中描繪的景象。

轉眼間，書頁已經有大約三分之一移到了右邊。

「……呃……」

水斗微微倒抽一口氣。

那是第一個大轉折。

他的側臉，變得更深一層地潛入故事當中。

我自然地露出微笑。

霎時間，水斗又瞥了我一眼。

我急忙用手遮起嘴巴，沉默地輕輕搖頭。

水斗再次把視線放回書上，手肘立在膝蓋上變成前傾姿勢。

窗外已被夕陽染成了赤紅。

啪啦，啪啦，啪啦，啪啦。

書頁一頁又一頁，以快出剛才一倍的速度被翻過。

這段期間，水斗的姿勢絲毫未變。

彷彿現實當中的自己，已經不在他的腦海之中。

不知不覺間，右邊的書頁已變得比另一邊厚。

看完了一半，剩下大約三分之一。

這時，自從打開這本書以來，翻頁以外的聲音第一次在客廳裡響起。

「……啊。」

是水斗輕呼了一聲。

他的眼睛微微睜大，瞳孔中蘊藏著有所領會的光輝。

在他的視野外，我不住點頭。差不多從這部分起，會開始了解作者的意圖。

水斗一刻不停息，繼續不斷地翻頁。

就在剩下大約四分之一時……

這時即將進入解決篇，全部的真相就要揭曉。

水斗翻頁的手，頓時停住了。

「…………？」

我正感到不解時，水斗開始啪啦啪啦地翻回前面的頁數。

……他在做什麼？

他重讀了幾個場面後，用纖細的食指代替書籤合起了書，然後挺直前傾姿勢的身體，慢慢靠到沙發椅背上。

接著，他閉起朝向天花板的眼睛，嘴裡開始唸唸有詞。

他……他在看解決篇之前自己做推理～～！

我第一次看到有人真的是這樣讀推理小說的。畢竟即便還在交往的時候，我也沒在旁邊看著他把一本書從頭到尾讀完過……我以為我的閱讀速度比他快，但說不定是因為他每次都會多這一個步驟。

「那個變成這樣……所以——啊！」

大概過了十分鐘左右吧。

水斗霍地睜開眼睛，又回到前面的頁數去確認某些部分，然後點頭點了好幾下，看樣子是想到答案了。好快！

然後，他才終於翻頁進入最後的解決篇。

我忍著不讓嘴唇露出微笑。

再一下下。只要再往下看一點——

「——咦？」

他看傻眼了。

完全體現了這句話的意思。

水斗發出分不清是恍然大悟還是慘叫的聲音，開始扶著腦袋。

「啊……啊，啊！啊……啊啊啊啊～～！」

最大的誤導情節漂亮得逞了。

就連隨便推理一下都會上當了，如果仔細整理思路去閱讀，這一招肯定夠犀利痛快。他那副「中計了」的表情精彩到讓我都羨慕。

越往下看下去，水斗越是變得沉默無言。

到了最後幾頁，甚至像是屏氣凝息。

彷彿依依不捨般，慢慢地翻頁……

一直看到版權頁，才終於啪答一聲合起了書本。

水斗像全身虛脫般陷進椅背，眼神茫然若失地仰望天花板。「呼……」一聲嘆息自他的唇間洩漏而出。

「……怎麼樣？」

雖然不用問也知道，但我還是客氣地問了一下。

水斗繼續讓整個背沉進沙發裡，看著平裝書的封面。

「真是傑作……」

他給出一句餘韻無窮的斷定。

「這是哪來的作品？我在網路上從沒看別人提過……這種好書居然沒蔚為話題，這社會太不識貨了吧！」

「對吧！對吧！」

「故事、人物、詭計與邏輯，全都是為了結局精心設計……文章也沒有任何地方弱掉，讓人一口氣看到最後。可是到了後半，劇情張力卻強到令人窒息……」

「沒錯！沒錯，沒錯！」

我在沙發上幾乎是用跳的靠近水斗。

「從前半到後半，給人的印象轉變得不留痕跡！看完之後，就連前半輕鬆有趣的文風以及這段超級平凡的大綱，看起來都不一樣了……」

「就是這點！這種隨處可見的大綱怎麼能變成這種故事！」

「是吧！我一開始也完全沒抱持期待！」

「一開始的地方，不是有個伏筆嗎？就是序章的……」

「啊，有有有！」

由於水斗打開書本開始講起內容，於是我也把肩膀靠過去探頭看書。

「呃……這裡對吧？就是犯人的心理描寫……」

「沒錯。這裡也是，不過還有這裡的下一行文字。」

「……咦？啊，這個原來是那個意思嗎！」

雖然窗外已是一片夜色，但我們都沒去留意。

後來媽媽他們回來，大家吃過晚飯洗過澡之後，我們又繼續一起看同一本書。

結果兩人一起把同一本書重看了兩遍，過了凌晨兩點才睡覺……

翌日，我起得比平常晚一點，然後快速打字傳ＬＩＮＥ跟曉月同學她們約好出去玩。

我一邊回訊息，腦海深處一邊想起昨天的事。

好久沒有像昨天那麼開心了。不用在意時間或任何問題，盡情聊喜歡的書本話題——快樂忘我的時光化做記憶凝結成形，在胸中如火炭嗶嗶剝剝地迸散火花。那溫暖的餘韻，至今仍在全身上下流動。

……以前，天天都可以這樣。

這是我生活中的一切。

之所以不再如此——是我自己做的選擇。

〈那就十二點在車站集合嘍——！〉

我回覆曉月同學的訊息後，站在穿衣鏡前檢查穿著打扮。嗯，還不錯。雖然自己也覺得怎麼每次都穿長裙，可是我不敢穿太短的裙子，穿褲裝又好像在耍帥。不過曉月同學常常說我穿褲子會很好看就是了。

我拿起包包下到一樓。

這時，好像跟在我後頭似的，睡得一頭亂髮的水斗走下樓梯過來。

穿著灰色調運動衫的繼弟，睡眼惺忪地看看我。

「……妳要出門啊。」

「是呀。因為我不像你，朋友比較多。」

「是喔……」

我正在奇怪這話怎麼回答得不乾不脆時，看到水斗手上拿著一本書。

……這傢伙真是，明明讓人捉摸不定，卻又這麼好懂。

我一面假裝沒注意到那本書，一面說：

「你偶爾也可以出去玩啊？找川波同學還是誰。」

「我就不用了。」

水斗意興闌珊地說完，打開了客廳的門。

「……是喔，隨便。」

我一邊走向玄關，一邊說：

「——等我回來之後……」

「啊？」

「你也找點什麼借我吧。否則豈不是不公平？」

例如你拿在手上的那本書。

我們沉默了一段時間。我沒有回頭，不知道水斗是什麼表情。

不久，他小聲回答：

「……我會考慮。」

我稍微……真的只有稍微，露出了微笑。

然後，我一邊走向玄關一邊說了。

說了以前交往時沒說過的話。

「那，我出門了。」

「慢走。」

事到如今只能說是年輕的過錯，不過我在國二到國三之間曾經有過一般所說的女朋友。

嚴格來說，是從國二的九月到國三的三月，大約十九個月之間的事——其中從國二九月到三月的七個月之間，我們都是同班同學。

七個月。

只要是在日本這個國家當過學生的人，想必都明白這個數字代表的意義。

沒錯——我與綾井結女在交往期間，總共經歷過大約七次的換座位。

之所以加上「大約」是因為十二月以及三月有一半在放假，我有點不記得到底有沒有換座位。總之大致來說，這就是班上座位隨機移動過的次數。

其中只有僅僅一次，我們曾經坐在對方的旁邊。

只有僅僅一個月，我們曾經在不到一公尺的距離內度過在學校的所有時間。

換成現在的我會說「那又怎樣」，但讓當時的我來講的話，那似乎是天上掉下來的幸運。重新翻閱當時的筆記，會發現只有那段期間上課抄的黑板，字跡特別凌亂——還沒專心

前情侶換座位「…………０・３２５％…………」

把講課聽進去老師就開始擦黑板，只好急忙抄筆記的自己彷彿歷歷在目。

不過說歸說，我與綾井畢竟都屬於標準的陰沉型，從來不會在上課時竊竊私語。

當時的我們，頂多也就是偶爾偷看對方幾眼、趁著幫忙撿橡皮擦的機會跟對方指尖相碰，或是傳小紙條代替寫信──真不知道有哪裡好玩，有事聯絡不會用手機嗎？

……不過嘛，躲過旁人的目光偷偷傳紙條，然後側眼偷瞧對方看紙條的表情，對當時的我們而言恐怕是一大樂事。雖然事到如今絲毫無法理解就是！

這樣的日子也只維持了一個月。

我們班習慣每個月的月底換座位──抽籤的結果，我們的座位被拆散了。

與特定對象連續兩次相鄰而坐的機率，假設一個班級有三十人，牆邊座位兩邊各五個的話，大約是0．325％。比起跟剛剛分手的前女友變成繼兄弟姊妹的機率或許還算高，但仍然不容易發生。

……不准問我為什麼會知道這麼細的機率數字。當時的我是個喜歡現學現賣的典型國中生，只不過是這樣罷了。

就這樣，坐隔壁的美好歲月終有結束的一天，到了班會課的時間。

班上同學依序走到講台前，去抽老師做的籤。

就在我斜前方座位的同學抽完，接著輪到坐我旁邊的綾井的時候……

——……那、那個……

除了坐在隔壁的我以外，全世界恐怕沒人能聽見的細小聲音，撞進了我的耳朵。

在我的記憶中，那是綾井第一次在教室裡跟我說話。

——咦？

所以我嚇了一跳。

不小心露出一副好像被陌生人叫住般的詫異表情。

跟別人講話從來不會覺得不自在的人也許不懂，但對於綾井這樣個性柔弱的女生——當然不適用於現在那個女魔頭——來說，這種反應無啻於被宣判死刑。

——啊……對、對不……

連對不起三個字都沒說完，綾井就快步走過去抽籤，我也喪失了打圓場的機會。

當然，我是個了解溝通障礙者心理的男人，所以放學時跟綾井道過歉，也問過她當時有什麼事，但她只是靦腆地笑著說「沒什麼」便糊弄過去。

可想而知，不可能真的沒什麼。

溝通障礙者在不肯做自我主張這方面可是頑固得很。

所以到頭來，我放棄逼問她，從此以後就沒再提過那件事了。

只不過是這點連杉下右京都可能會忽略的芝麻小事，我有時候卻還會想起來。

想起她當時一眼就看得出在緊張，僵硬而微紅的臉龐。

為了擠出勇氣而握得緊緊的手，但不知為何只有右手小指翹起。

還有，彷彿對我有所期待似的，微微低頭偷瞧我的眼眸……

那時——綾井究竟想跟我說什麼？

◆

「那麼，照放假之前說過的，今天的班會課要換座位喔。」

好耶————！教室爆發出一陣瘋狂的歡呼聲。

真是夠了。不過就是換座位，有什麼好高興的？真心羨慕這些人的人生過得這麼開心。

——換成平常的我，可能會說這種老油條的話，但只有今天，就連我也難以掩飾內心的喜悅。

入學以來過了一個月。直到今天這個黃金週收假後的第一天，座位順序都是按照座號排列。

這點即將產生改變。

即將產生流動性。

換言之——我終於能逃離背後那個女魔頭了！

這是多麼美好的日子啊。

趁著取得背後位置反覆進行的種種暴虐行為——從背後踢我椅子、用自動鉛筆戳我脖子，或是在我被老師點到時施行呢喃戰術——猶如置身八大地獄的苦難歲月，終於要劃上句點了。

應該將這天訂定為紀念日。班導說要換座位，所以今天就是換座位紀念日。

「（……你好像很高興嘛。）」

我正在感動萬分時，一陣帶刺的低喃聲狠狠捅上我的背。

應該說，是用自動鉛筆物理性地刺我。

是我的繼妹、前女友兼同班同學，伊理戶結女下的手。

……哼、哼哼。這是最後一場考驗了。神啊，這段期間祢雖然讓我嘗盡苦頭，但這次絕對是我贏。我要撐過這場考驗，證明人類的堅強。

「（喂……！你是啞巴嗎！）」

更多的嚴刑拷打喳喳喳地，連續戳在我揹負著人類尊嚴的背上。

……被戳這麼多下，實在有點痛。

看到第一節課的老師還沒來，我在桌子底下拿出手機。

〈學校沒教妳不可以刺別人的背嗎？女虐待狂。〉—09：02

我用ＬＩＮＥ傳訊息。

一會兒後，連續戳刺中斷，我收到回信。

〈哎呀對不起喔，這不在考試範圍內。〉—09：03

〈我看妳最好去上一下道德課。〉—09：03

〈咦？不是生物嗎？學習如何對待家畜。〉—09：04

收到一個粉紅豬噗噗叫的貼圖，氣得我臉頰肌肉跳不停。

〈抱歉，這不在考試範圍內。〉—09：05

〈啥？〉—09：05

〈聰明如我也沒學過要怎麼寫日文才能讓紅毛猩猩看懂。〉—09：06

「紅毛……！」

背後傳來一絲驚愕的語氣，我憋住不笑。

〈你少得寸進尺。〉—09：07

〈嗚哇！小學生回廢文了！快逃啊！〉—09：07

〈現代國文的成績好一點就跩個二五八萬的。〉—09：07

〈很榮幸能得到您的稱讚，入學考榜首的伊理戶結女同學。〉—09：08

砰！她從背後踢我的椅面。

忘記是什麼時候，我們曾經互相分享入學考自己算的分數，結果只有現代國文我大贏她十分以上。

喜愛閱讀的學生大抵來說，都會以現代國文的成績為傲（據我調查）。這件事似乎讓這女人的自尊心嚴重受創，每次一提到這個話題就不高興，讓我大呼痛快。

「抱歉，我來晚了！」

還沒收到回應，第一節課的老師就在晚了十分鐘後進來教室了。

今天的LINE對戰是我贏了。那女人懊惱的表情彷彿浮現眼前。

我正要把手機放回口袋時，又響起了一次收到訊息的震動。

〈欸。〉－09：11

就這樣，沒有下文。

我覺得奇怪，轉頭偷看一眼，只見結女早已一臉認真地打開了課本與筆記。手機沒拿在手上。

大概是本來有話要說，但老師來了所以作罷吧。

出於姓氏從五十音「i」開始的命運，我們坐在從前面數來的第一、第二個座位。在這種位置滑手機馬上就會被抓到，所以我們規定上課時不向對方出手。我可不想跟這傢伙兩個

人一起手機被沒收丟人現眼。

……她剛才想說什麼？

不得不說我很好奇，但老師開始寫黑板了，於是我決定專心聽課。

鐘聲一響的瞬間，教室的氣氛頓時輕鬆許多。

上午的課結束了。

大約三十名學生（我記不得那麼詳細的人數）彷彿暫停的時間恢復流動般站起來。他們手上拿著便當或錢包，理所當然似的各自找朋友吃午飯。

不會自己一個人吃飯啊？

——這種不成熟的話，今天就別說了。畢竟今天可是換座位紀念日呢。

我拿出用手帕包好的便當，然後默默地合掌。

畢竟是父子家庭，我直到國中基本上都是靠福利社或超商解決。但升上高中之後繼母由仁阿姨莫名地起勁，每天早上去上班之前，都會幫我們做便當。

當然，是跟結女加起來兩人份。

我們都跟她說不用這麼費心，但由仁阿姨說幫發育期的兒子做便當是她的長年夢想。由仁阿姨半開玩笑地說「結女是順便」的時候看起來真的很開心，我也不好意思再推辭——但我們之所以婉拒她的便當，其實有著另一個理由。

「唷，好友。你這傢伙還是一樣都不等人的耶。」

一個乍看之下態度輕佻的褐髮男生，拿著甜麵包與紙鋁箔包檸檬茶過來。他叫川波小暮，自稱我朋友。川波看看我的便當菜，輕浮的表情變成了苦笑。

「今天還是一樣豐盛呢。這就是伊理戶同學她的便當啊……」

「請不要用這種口氣表達你的好奇心。」

沒錯。我與結女的便當，菜色完全一樣。

這雖是無可奈何的事，但我們對此發自本能地無法接受。覺得中午吃一樣的東西很討厭，一副好像感情很好的樣子。

我與結女都知道這種想法很幼稚，所以不會跟由仁阿姨強烈要求……但結女可能是怕同學拿我們的便當做比較，午休時間常常都會離開教室。

不過我是絕對不會移動的。憑什麼我得為了這女的換地點啊。

「那麼，今天就讓小弟我再沾個光吧。」

「好。我的總是比她多一．五倍……」

「大概是以為高中男生全是大胃王吧，即使是你這種瘦巴巴的文學少年也不例外。」

「但剩下又不好意思。」

「的確是會有所顧慮呢。我是沒多個老媽出來過，所以不了解就是了。」

川波拿起一顆小番茄，邊往嘴裡扔邊說。然後他用一種下流的感覺邪笑。

「看到吃光光的便當盒，伊理戶同學一定會對你另眼相看，心想『看起來不怎麼樣，但畢竟就是男生呢』。只要能達到這個效果，要我吃掉一杯還是兩杯米都ＯＫ的啦。」

「那真是謝謝你了。如果本人不在背後的話我會更感謝你。」

脖子上感覺得到冰冷的視線。感覺就像「被我看到了，這裡果然就是你的要害」。她想殺我。

「結女——！一起吃午飯吧——！」

一陣語氣歡快的聲音，對我後面的結女說道。

馬尾髮型在視野邊緣輕快地跳動。嗚哇！是南曉月！我努力當隱形人。

「好……其他人呢？」

「好像說是社團有事。哎喲～真糟糕～我都還沒決定要參加哪個社團耶。結女妳呢？」

「我也是……連要不要參加，都還沒想好。」

「我們倆不是一起去參觀過很多社團嗎？可是都覺得感覺不對耶——黃金週都結束了，老實說已經有點難加入了。怎麼辦呢～」

喂，我怎麼沒聽說妳們倆一起去參觀社團？少跟這種危險人物單獨行動啦。

「嘿，繼弟。表情有點恐怖喔。」

「是繼兄。」

我一面簡短糾正，一面大嚼唐揚雞。由仁阿姨做的唐揚雞美味無比，每次晚餐端出這道菜時，我跟結女都會偷偷搶著吃。她還說什麼「謝絕生客」。妳京都人啊？偏偏還真的是京都人。

「總之，今天午飯就我們倆了，結女！妳說呢——？乾脆去個無人場所怎麼樣——？」

南同學那種口氣好像故意講給我聽似的，像一記刺拳扎來。言外之意是在跟我炫耀：「我們倆要去其他地方獨處嘍——？是不是很羨慕啊——？」羨慕才怪。我看是扎了某種針筒才會有這種思維吧（真機智）。

話雖如此，結女與南同學兩人獨處吃飯確實很危險……不開玩笑，還真的得考慮到被下藥的可能性。

雖然這女的怎樣都不關我的事，但老爸還有由仁阿姨會傷心，所以能預防就該預防。但既然如此，那該怎麼做才好——

「怎麼，南，今天就妳們倆啊？」

正好就在一個妙計即將從天而降時，川波先聲奪人般說道：

「那就跟我們一起吃怎麼樣?反正這個座位順序也只到今天為止,偶爾放膽來場聯誼也不錯啊。」

……你說……什麼……?

聽到這意想不到的提議,不只是我,所有人的視線全聚集在川波身上。

川波只對我的視線做出反應,偷偷跟我眨了眨眼。好噁。

「……什麼~?川波,你該不會是想趁此機會接近結女吧?好噁心喔~」

南同學即刻迎擊,活用身為女生的優勢施展出「好噁心喔~」的必殺攻擊。

這招犯規技威力強到能夠一擊就把男生打趴在墊子上,順便直接讓對方回歸大地,但對手可是反南曉月決戰兵器川波小暮,連一點動搖都沒有。

「不不,這方面妳儘管放心。因為我是戀愛ROM專啊。」

「ROM專?那啥啊?」

「Read Only Member,就是只看不回。說到底這樣最好玩。」

「……哦~?說穿了就是偷窺狂嘛。」

哎呀,南同學的口氣變冷了不少。平常明明是個開朗到瘋狂的傢伙,這還真難得。

……結女那傢伙有時候也會發出這種聲調。

「好可疑喔~畢竟你可是是川波耶。」

「川波同學，你有什麼前科嗎？」

「聽我說喔，結女！這傢伙啊，國中的時候——」

「等等，等等，等等！不用聊我的話題啦！」

「要我閉嘴就別輕易擅闖少女的祕密花園！」

哦，在這點上是南同學占優勢啊。看看川波如何回擊吧。

當我完全成了個觀眾時，「唔嗚嗚。」川波面露棋手舉棋不定時的苦悶表情，最後總算開口說：

「……知道了，那就趁這個機會加深彼此的認識吧。何不一邊吃便當一邊聊聊大家國中時期的事？」

「「「…………！」」」

川波的一番話，讓我們三人瞬間同步陷入沉默。

這、這傢伙……到底是有什麼打算……在場所有人可是無一例外，全都有著不可告人的沉痛祕密啊！

「什、什麼……？國中時期的事？……我是無所謂，可是結女……」

「不、不會，我也無所謂，但我那個弟弟……」

「不，我也沒差……沒什麼有趣的事就是……」

你看吧！搞得好像得意忘形的傢伙想點奇怪料理時的氣氛一樣！

看到我們互相發出「你不會拒絕啊」的氣息，川波不知為何露出了滿面笑容。

「這樣啊！那就別聊什麼國中時期的事了，正常吃飯吧！」

我與南同學聽到這個提議都猛地一驚，只有結女不小心說溜嘴：

「好吧，那還可以……」

「好，就這麼決定！」

川波一副抓到話柄的態度站起來，開始把附近桌子併在一起。

剛才這招是——以退為進法！

此種談判方式又稱為留面子效應，先做出擺明會被拒絕的困難要求，然後假裝讓步，其實是提出真正的要求，於是在「剛才拒絕了，再拒絕一次不好意思」的心理之下使得要求容易獲得接受。每本心理學的參考書幾乎都會提到。

川波剛才做的正是此種技巧——我與南同學懷有戒心所以才能發現，但毫無防備的結女卻上鉤了。這男的，有兩下子。

「……唔嗚……！」

「嘿！」

南同學避開結女的目光懊惱地瞪向川波，川波則是自鳴得意地用鼻子哼了一聲。勝負已定。

就這樣，奇妙的四人組誕生了。

坐我正面的是南同學，旁邊是川波，然後斜前方是結女。男女分兩邊坐還算自然，但彼此不坐對面位置，只能說四人的本能造就了如此結果。

「總覺得好不可思議喔！竟然會跟伊理戶同學坐對面吃飯！」

「嗯……還好啦……」

剛才的敗北表情不知藏到哪裡去了，南同學笑容可掬地跟我說話。我的回答之所以變得像個不習慣跟女生接觸的傢伙，當然不是因為我不習慣跟女生接觸，而是怕結女發現我與南同學之間有著某種勉強能稱為交流的關係。

……我是這麼想的，但這樣做似乎有另一種問題。

先是感覺到冰冷的視線，接著口袋裡的手機輕微震動了起來。

「…………？」

我在桌子底下做個確認，發現是結女傳來的訊息。

〈不要被溫柔對待一下就用下流眼光看我朋友你這死宅男。〉－12：38

如果我是死宅男那妳就是死宅女好嗎？不過這樣回太沒創意了，於是我即刻做出以下回應：

〈萬分感謝妳的忠告。本人不像某人，沒有好騙到稍微被溫柔對待一下就愛上對方所以切勿擔心。還請多多包涵。〉－12：39

這回應真是彬彬有禮，不能更有禮貌了。文字預測功能大顯身手。

現實中的結女目光往桌底下一瞥，肩膀開始微微顫抖。有用了有用了。現在南同學與川波在場，我看她別說回嘴，連瞪我都不行。哇哈哈！

「我跟伊理戶同學好像沒說過幾次話？」

結女一定很想長篇大論反駁我，但川波正好在這時候找她說話。這記助攻漂亮，果然是出外靠朋友。

「咦？啊，喔……也是……經你這麼一說，好像是呢。」

「我才不會讓結女接近這種輕浮臭男人呢！今天是特例，知道嗎川波！」

「是是是，就讓小的順便撈點便宜吧。」

看到川波與南同學變回話題中心，結女的目光又落向桌底下。要出招了嗎？

「對了，我之前就很好奇，伊理戶同學妳在家裡都做些什麼？」

「啊。」

〈那才不是稍微矣。〉－12：40

打字打到一半就送來了……什麼叫做不是稍微矣啊，古人嗎？

「……啊——呃，你問我在家裡都做些什麼？」

「沒有啦，只是想說放假都在幹嘛……」

「嗚哇，這傢伙太糟糕了～！哪個正常人會跟不熟的女生問這種事啊～？」

「我又沒什麼邪惡意圖。妳看，雖然這傢伙是個超草食系，但畢竟還是跟男生住在同個屋簷下嘛？當然會好奇啊，想說平常都是怎麼過的。」

「也是啦——之前我也問過伊理戶同學。」

「我也聽過男生的說法，但還是會好奇女生的想法。女生應該有更多地方會注意吧？」

「這個嘛，哎，算是吧……尤其是這男的——他就連放假也都幾乎不出門。」

〈妳還不是一樣。〉－12：42

「除了待在自己的房間之外，我都會盡量謹慎小心。只要有在注意，其實過得還滿和平的喔。」

〈比你好多了。〉－12：42

邊說話邊打字，算妳厲害。

「哦～」川波自然地發出佩服的聲音。

「原來實際上也就這樣啊。如果是漫畫的話馬上就會在浴室撞上了。」

「別漫畫跟現實搞不清楚了，你豬頭啊！」

「妳說誰豬頭了，吵死了豬頭……喂，伊理戶。這傢伙雖然這麼說，但你們真的沒發生過漫畫裡那種意外嗎？」

「沒有。我們都會事先決定好浴室或廁所誰先用。」

〈不過你偷過我的內衣就是了。〉－12：43

〈就跟妳說我只是撿到。〉－12：43

〈最好是。〉－12：43

老是翻舊帳，這女的有完沒完啊……那件事明明已經結束了。

就在我想針對她這種糾纏不休的陰暗性情批判一番時……

〈誰教你愛說謊。〉－12：44

追加的訊息啵的一聲出現。

……愛說謊？我？

這傢伙又在血口噴人了……我什麼時候愛說謊了？

我往斜對面瞥一眼，看到結女頭一扭讓視線閃到窗外去了。這表示她原本一直在看我。

包括國中時期在內，我應該從來沒跟這女的說過謊話才對。真要說起來，我們之間根本沒發生過需要說謊的狀況，甚至沒有忘記過任何約定而亂掰藉口。不是我自誇，不管事情再小，我這個人從來不會忘記任何約定。比方說——

這時，一道電流竄過我全身。

「——啊！」

見我突然大叫出聲，川波與南同學一臉驚訝地看著我。

「怎麼了？怎麼回事？」

「忘記帶下午課堂的課本了？」

「沒、沒有……抱歉。沒什麼，我好像搞錯了。」

我一邊糊弄過去，一邊在腦中反覆思索已知資訊。

……原、原來如此……那時候，綾井想說的是……

我偷瞄一眼結女的臉，只見她一副若無其事的樣子繼續跟大家聊天。但我……只有我，覺得她的表情看起來又僵硬又冰冷。

……我看這是……

唉，好吧，該死。真沒辦法。

算我輸了。

自今天起，我主動辭去「了解溝通障礙者心理的男人」此一頭銜。

班會課——換座位的時間到了。

「那麼，從伊理戶——我是說男生——開始依序來抽籤吧。」

看來即使從國中變成高中，換座位的方式仍然沒有任何進化。還是一樣老派，就是每個人照順序去抽手工製作的籤。

我推開椅子站起來，從撒滿整個講桌的對折紙張中拿起一張。按照規定，必須等所有人都抽完籤後才能打開來看。

「再來換女生的伊理戶。大家趕快來抽吧——」

「好的。」

不等我回到自己的座位，座號二號的結女站了起來。

抽完籤的我，與上台抽籤的結女在講桌前擦身而過。

——就在這一瞬間。

我不動聲色地伸手，用左手小指輕觸了一下結女的左手小指。

「——！」

結女頓時停住腳步，回頭看我。

她的表情，流露出強烈的驚愕之色。

我瞥了一眼她那神情，仍一臉若無其事地回到自己的座位上。

「伊理戶？妳怎麼了——？」

「……沒、沒有，抱歉。我沒事。」

結女也用右手從講桌上抽了籤後回來。

她跟座號三號的同學擦身而過，在走過我座位旁邊的剎那間，視線僅一瞬間投向我。

——你什麼意思？

不用傳ＬＩＮＥ或寫信，我也很清楚她在想什麼。

沒別的意思。

我只是想當個守約定的人罷了。

……真相，其實不過是個無關緊要的小事。

以前念國中時，在我們的交往期間內，座位唯一相鄰的那段時期——一個月之間，在我們互相傳遞的那些紙條當中，曾經提過這件事。

詳細的文字內容我忘了——不過一開始，記得綾井是這樣寫的：

——真希望下個月也能坐在一起。

當時我已經計算過這種情況的機率有多低，所以如此回答：

——要是成真就是奇蹟了。

也就是說我不好意思劈頭就說沒可能，所以用了委婉的措辭。當然奇蹟就是因為不會發生才叫奇蹟——以我的定義來說是這樣，但綾井似乎不這麼想。她給了這個回答：

——那就用魔法來讓奇蹟發生吧。

據她所說……

似乎真有一種魔法，可以讓自己跟喜歡的人坐在一起。

那時身為老油條國中生的我發自內心地想「根本騙小孩嘛」，但綾井卻意外地起勁。明明愛看別人被砍頭或分屍的小說，這種地方倒很像個女生。

當時的我第一次看到綾井的這種個性，（令人作嘔地）覺得她很可愛，心想好吧，陪女朋友玩這種遊戲或許也是男朋友的義務，於是爽快地答應了。但她沒能找到讓情侶坐在一起的魔法，於是就參考我們之前做過的事，設定了原創魔法。

做法是——去抽籤的時候，偷偷讓小指互相觸碰而不被任何人發現。

也不曉得哪裡好玩，我們早已在上課時好幾次假裝撿橡皮擦趁機偷碰對方的手指，所以這個魔法就像那個的衍生版。

然後我在正式抽籤的時候，把這件事忘得一乾二淨。

……容我為自己找個藉口。

上課傳的紙條，當然不能被別人看見。因為一看就會知道我們在交往。所以我們就像間諜一樣，總是迅速處理掉這些證物。

寫了魔法的紙條，當然也不例外。

人類必須靠複述來讓短期記憶變成長期記憶。只有那麼一次，而且還是在課堂上偷偷摸摸、被迫在低專注度的環境下進行的閒聊（我是這麼認為的），誰能記得住那些內容？不，記不住！

……好吧，藉口終究只是藉口，到頭來還是我的不對。

如今，我很能體會綾井的心情。

明明兩個人說好了要用魔法，我卻一點動靜都沒有。她不得已只好擠出勇氣叫我一下，我卻一副完全不記得的反應。

綾井當時一定心想：

『啊，原來只有我把那種事情當真啊。嗯，原來如此。我好丟臉喔，都上國中了還說什麼魔法。幸好他不記得了，我就直接當作什麼事都沒發生，這樣彼此就不會受傷了吧？啊哈哈……』

完全是吃虧自認倒楣。

當時的綾井結女不像現在，就是個那樣的女生。

——即使已經是一年多以前的事了。

——即使我現在討厭她討厭得要死。

我的尊嚴，仍然不允許我對這件事情裝啞巴。

所以此時此刻，我才會趁這個機會，實現那時候的約定——

背後可以感覺得到視線。也許她又想用自動鉛筆戳我了。

……今天，我就要跟這個視線告別了。

因為魔法，都只是騙小孩子的玩意。

◆

我想大家已經猜到結局了。

「…………………………」

「…………………………」

我與結女連互瞪都沒有，只是用失去一切感情的視線互相對視。

——中間隔著我們一前一後的座位。

「喂喂，伊理戶家的兩個又坐前後啊！簡直奇蹟嘛！」

「唔哇……還真有這種事呢。」

川波與南同學聚集到從窗邊最前排移動到中央最後一排的我與結女的座位，異口同聲地驚呼。

沒錯。

在嚴格公正的抽籤下，我與結女的座位再次變成了一前一後。

「…………０．３２５％…………」

結女的目光落在我的座位上，用沒人能聽見的微小聲量低喃。

……這數字還真耳熟啊。

我拿出手機，迅速輸入一串文字。

〈**第一次是座號導致的必然結果，所以機率沒那麼低啦。**〉─14：56

結果結女也拿出手機，一看螢幕就狠狠瞪了我一眼。

〈**還去算機率，噁不噁心啊。**〉─14：57

哈！隨妳怎麼罵。

被噁心的傢伙罵噁心，根本不痛不癢。

於是就這樣，老天爺這混帳又來攪局，使我沒能趁著換座位的機會遠離這個女人。

不過……這事姑且不論，我的目的倒是達成了。

——雖然是一前一後，但這次換成我坐後面。

換言之立場顛倒了。

這表示我可以掌控這女人的背後位置。

讓我想想……我該如何報復這一個月來，我所承受到的肉體虐待呢……

「哼哼哼哼哼……」

「你……你幹嘛笑得這麼邪門啊……你想做什麼……？」

「問問妳自己吧。」

就這樣，我雖然沒能解脫，但獲得了報仇雪恨的機會。

這也是魔法的效果嗎？

不可能吧。

那個魔法，對現在的我們不可能有效。

照道理來想，不就是這樣嗎？

因為那種魔法，只適用於**正在交往的兩人**。

事到如今只能說是年輕的過錯，不過我在國二到國三之間曾經有過一般所說的男朋友。

事情的契機是書。我在學校的圖書室裡，因為個子太矮而拿不到想拿的書時，他伸出了援手——我們就在這種老掉牙的契機下邂逅，因為興趣相同而意氣相合。

話雖如此……

其實我們的喜好有著些微差距。我專門閱讀本格推理，那男的則是不挑類別的濫讀派。國中生這種生物總是除了自己喜歡的東西之外全都覺得很爛（偏見），因此那個男人的閱讀喜好看在我眼裡顯得很沒原則。

然而當時比橫溝正史作品更黑暗的我，竟然會不合時宜地去寫什麼情書，是因為令我氣憤的是除了興趣之外，那男的竟然還有其他地方引起我的共鳴。

我與那男的，興趣以外的共通點。

這點同時也成了害我落入現在這種荒謬狀況的一個原因。

換言之，就是單親家庭。

記得家裡，並沒有發生過什麼嚴重爭執。

印象中直到小學低年級，我都生活在平凡無奇的和樂家庭裡——爸爸媽媽從來沒大聲吵過架，當然也沒有什麼家暴。所以那件事對當時的我而言，來得非常突然。

也就是爸爸媽媽再也不是一家人了。

……我沒有追問過原因，但如今我能體會。一定沒有什麼重大的理由，只不過是小小摩擦隨著時間經過不斷累積，過去確實有過的熱情轉淡，越來越冷，然後漸漸煙消雲散……結果變得再也無法在一起。大概就只是這樣吧。

沒什麼稀奇的——就連我都有過同樣的狀況。

可是，當時年幼的我還不能體會。我好寂寞好寂寞，每天都在哭。媽媽緊緊抱住這樣的我，一次又一次地輕聲說：「對不起，對不起。」這讓我好傷心，不想再讓媽媽道歉了，於是不知不覺間就不哭了。

因為小時候發生過這種事……所以我的心中，有著一個大洞。

曾經理所當然地存在的事物，突然消失而留下了空白。

我並不是就此與爸爸永別，現在每年還是有機會見個一次面……可是，我跟爸爸見面

時，媽媽基本上都不會來。因為我跟媽媽是一家人，我跟爸爸也是一家人——但媽媽跟爸爸，已經不是一家人了。

有一天，爸媽不再是一家人了。

我並沒有變得特別不幸，也沒有特別受委屈……只是在我的心中，留下了這種形狀的空洞。

所以我會問他那個問題，是遲早的事。

——你都不會……覺得寂寞嗎？

當我有些遲疑地，小心翼翼地這樣問他時，那男的回答道：

——我不太能理解什麼叫做寂寞。

現在回想起來，完全就是國中生會有的刻意耍帥的回答，但他的側臉與表情，卻是毫無虛偽的**面無表情**。

——**無所有**。

心無所感，無動於衷。

就像對於連寂寞是什麼都不懂這件事，懷抱著無處宣洩的焦慮——那樣的面無表情。

他那副側臉，在我胸中的大洞吹起一股強風。

他沒有失落的部分，一定不像我心中有個大洞。他不會像我那樣寂寞地哭泣，根本也做不到。

所以他不像我，需要別人的擁抱安慰。

他的孤獨，他的孤傲，形成一陣風吹過我的胸中，留下一陣刺痛與酥麻。如同藥水徹底滲透傷口，相觸的心靈起了敏感的反應。

——對於那男人的親生母親，我沒有多問。

我不知道那男的怎麼會成長為這麼彆扭的一個人。

但是，當媽媽他們再婚，我搬進這個家裡時，只有一次，我在**那裡**坐了一下。

在一樓的角落。

一間平時幾乎沒人會去的榻榻米和室。

我曾經在那房間深處悄然安置的——佛壇面前坐過。

◆

五月的第二個星期日。

意外的是據說世界上有很多高中男生，不知道這是什麼節日。

對我來說，這是一年當中數一數二的重要節日。由於以前穩居第一的八月二十七日——

亦即「成為伊理戶同學女朋友的紀念日」可喜可賀地遭到撤除，因此這個日子如今可能是地位無可撼動的第一名。

那就是母親節。

「……喂。」

黃金週結束後的第一個週六，我把每天要溫習的功課念完來到一樓，看到繼弟優哉游哉地躺在客廳沙發上看書，於是我冷冰冰地叫了他一聲。

水斗繼續盯著書本，不耐煩地回答：

「啊——？怎樣？妳又犯了什麼蠢嗎？」

「請不要認定我一定會犯蠢好嗎！」

是說這男的明明自己也常常犯蠢！

「……不是，我是要問你有沒有準備？就是明天了耶。」

「嗄？準備啥？」

「禮物！母親節的！」

我從沙發椅背湊過去看著他說，繼弟眨了好幾下眼睛。

「姆侵劫……母親節……？」

水斗闔上書本，先是拿起放在桌上的智慧手機，然後嘴巴湊向它說：

「Ok Google，母親節。」

「這還要問Google嗎！」

「哦——五月的第二個星期日……為感謝並慰勞平時母親的辛勞而慶祝的節日……對耶，好像有聽說過。」

「……你是說認真的嗎？」

「沒辦法，誰教我長年以來沒媽。」

「那你知道父親節是幾月幾號嗎？」

「…………Ok Google，父親節。」

「這還要問Google嗎！」

這男的對人類也太沒興趣了，連家人都不例外。到底要發生什麼奇蹟，這種貨色才會交到女朋友？喂，妳有在聽嗎？國中時期的我？

水斗目光游移著說：

「哎，我想一般來說男生都不會過這種節日的。嗯，就這樣。」

「不行。」

我一伸手就把水斗想拿起來看的書抽走。

「只要我還有一口氣在，不許你對母親節不聞不問。」

「莫名其妙，竟然當起母親節警察來了……還兼差當范‧達因二十法則警察？」

「不准你再提起那件事……！」

把所有違反范‧達因二十法則的推理小說全部罵個狗血淋頭的可恥女人已經死了。

「……反正你沒準備母親節禮物就對了吧？」

「我不知道要準備什麼禮物。」

「哦？你不是還大半夜跑到女友家裡送聖誕禮物嗎？」

「……不准妳再提起那件事。」

被他怒目一瞪，我得意洋洋地邪笑。要互講黑歷史的話，題材多得是。

水斗嘆一口氣後，總算坐了起來。那顆腦袋差點撞到從椅背湊過去看他的我。

「麻煩講重點。說了半天，妳到底想要我怎樣？」

「我要是不管你，我看你一定不會準備禮物。所以你現在就跟我去買。」

「嗄？」

他對我投以彷彿看到奇珍異獸的目光。真沒禮貌。

「……跟妳？我？兩個人一起？」

「對。我可以監視你，又可以讓媽媽他們覺得我們處得很好，而且只要跟我合送就不會難為情，又可以各出一半錢。」

「喂，我看最後一個才是妳的目的吧？」

「禮物重視的不是金額是心意。」

其實因為我現在會跟學校的朋友出去玩，造成錢包比以前吃緊。

「唉。」水斗嘆口氣。如果說一直嘆氣會讓幸福跑掉是真的，這男的早就被車撞死了。

「我拒絕。叫我跟妳一起？買東西？哈！妳才十幾歲就老人痴呆啦？妳還好嗎？記不記得自己吃過飯沒有？」

「……氣、死、人、了……！」

這男的真是惹惱我的天才。

……很好。你想來這套，那我也有我的辦法。

我走出客廳回到自己的房間，然後迅速梳妝打扮，對著穿衣鏡檢查一遍。確定成果完美無缺後，我再次下樓。

我一面撩起垂下的頭髮，一邊湊過去看再次躺回沙發上的男人的臉。

「你好啊，水斗同學？」

「嗄？剛才不是才見過——嗄？」

水斗抬頭看到我的模樣，眼睛眨啊眨的。

我換上了連身裙、罩衫搭配寬緣帽的避暑勝地名媛風穿搭。

沒錯。

也就是完全配合這男人口味的打扮。

「嘿。」

水斗一臉呆愣地抬頭看我，我慢慢伸手去按他的胸口。怦咚怦咚怦咚，明顯快過一秒的心跳傳到手心上。

「哎呀，哎呀哎呀哎呀？好奇怪喔，只不過是繼姊稍微打扮得漂亮一點，心跳居然就亂成這樣。你這樣完全出局了吧，老弟？」

「什……！妳打算連心跳都要套用那個規定嗎！」

「又沒有人訂個分則說『不隨意肌不予追究』。」

規定是說誰做出繼兄弟姊妹不該有的行為就得暫時當弟弟妹妹。然後，沒有人會只因為姊妹穿連身裙就心跳加速。

我揚起嘴角嗤嗤地笑。

「再說就算不計較心跳好了，我怎麼覺得你好像看傻了眼？你真的很喜歡這種清純的打扮呢。你們這些宅男對女生也太會抱持夢想了吧？」

「誰還跟妳抱持夢想啊。多虧某位小姐，把我的想像毀滅得原形盡失。」

「哦？是誰啊？這裡就只有一個普通的姊姊而已呀。」

「……可惡……」

水斗一邊咒罵一邊坐起來。然後他極力不往我這邊看。

「……我去就是了，就去買禮物總行了吧。」

哎呀，沒想到他這麼聽話。還以為他會再耍賴一下。

「真的這麼合你胃口？」

聽我一邊邪笑一邊這麼說道，水斗粗聲粗氣地低語：「妳很煩耶。」

「給我等一下！你打算就穿這樣出門？」

「嗄？穿運動衫不行嗎？」

「當然不行啊！」

逼他換衣服，把睡亂的頭髮也梳好，我們才終於踏出家門。

本來以為水斗也許會穿上去水族館時的衣服，但他只穿了普通襯衫搭配普通背心加普通卡其褲的普通打扮。

好吧，他如果打扮得太好看，被人家誤以為是約會就討厭了，所以大概也就這樣了吧……我可沒有覺得遺憾。

我隔著帽緣仰望天空。

最近氣溫越來越高了。京都的熱天總是讓人全身黏膩，透氣性高的連身裙或許是個好選擇。

「那，我們走吧。」

「……嗯。」

水斗把臉別到一邊，扭頭就走。看來他想採取徹底眼不見為淨的作戰策略。

我纏人地嘻嘻笑著走到他身邊。

上次這男的跟我一樣盛裝打扮，害我一時失常，但這次看來將會是我大獲全勝了。心情好到不行。

「妳要去哪裡？河原町那邊？還是京都車站？無論哪邊，平常我都是騎腳踏車去……」

「我穿裙子怎麼騎腳踏車啊？你白痴嗎？」

「所以我在問妳要怎麼去啊，不會從前後文判斷啊。」

「搭電車就好啦，你白痴嗎？」

「好創新的語尾啊，我可以扁妳嗎？」

我一面與他稍微保持距離以防他動粗，一面前往最近的車站。

目的地是京都車站。車站大樓裡有一間禮品店，我每年都會去。

從我們家那邊騎腳踏車也能到，不過還是搭地下鐵最快。雖然得花兩百多圓的車費，但不用十分鐘就能抵達。

我先等水斗買完車票，然後用ＩＣ卡通過驗票口。

「你怎麼沒有卡？」

「如果儲值了卻沒用到豈不是等於浪費錢？」

看來是因為不會跟別人出去玩，所以沒機會用到儲值ＩＣ卡。真可憐。

月台上人潮擁擠，稍微走兩步路都得鑽過人牆。面對這座人肉迷宮，水斗發出了呻吟。

「人好多啊……」

「你可能因為老愛窩在家裡所以不知道，假日本來就會擠得要命喔？」

「我就是知道所以才喜歡窩在家裡好嗎……」

水斗用厭煩的聲調說道。他還是一樣討厭人擠人。不過我想大概也沒人喜歡。

我抓住元氣大傷的繼弟手臂，用力拉了他一把。

「好啦，快跟上。可別走散了喔？」

「如果走散了我就回家。」

我拉著水斗在月台上移動，排隊等車。總覺得真的越來越像在照顧弟弟了。如果能換個更嬌小可愛又老實的弟弟就好了。

不久電車來了，「嗚噁。」水斗發出好像快吐了的聲音。

「要坐那個喔……可不可以等下一班？」

「等幾班都一樣，沒用啦。」

電車上有很多人抓著吊環。再把我們這些人塞進去，標準的沙丁魚罐頭就完成了。

話雖如此，我覺得比傳聞中東京的擁擠電車要好多了。至少我們這裡不用跟別人「前胸貼後背」，只是一步都動不了罷了。即使如此，似乎還是足以讓這男的感到生不如死。這傢伙要是在東京搭電車可能會死掉。

等乘客下車後，大家排隊依序上車。我們排最後，所以水斗上車後車門就關閉了。

電車緩緩加速，讓我有點站立不穩。

就在這時……

「……喂。」

「嗯耶？」

我之所以笨笨地叫了一聲，是因為他從我背後硬是扯我的手臂。

我的背被推到車門上。

他幹嘛啊！

我有點生氣地抬頭一看，霎時間，我忘了呼吸。

水斗與我調換了位置，一邊用手支著車門保持平衡，一邊近距離地低頭看我。

以男生來說較細的頸項，以及一反頸項的纖細明確主張其存在感的喉結，就在我的眼前。

維持一定節拍的呼吸感覺好近，簡直就像在我耳邊呢喃。

而剛才還對人潮厭煩不耐的眼瞳，此時略帶慍怒的光輝注視著我的眼睛。

以客觀角度來看……

我現在的姿勢，就像是被水斗做了所謂的壁咚。

「……應該是妳站門邊吧，以一般來說。」

聽到他粗魯地這樣說，我才知道他為什麼要這樣做。

……該不會，是擔心我遇到色狼吧？

哦……這樣呀～？

我翹起嘴角，微微抬眼回望繼弟的眼睛。

「你願意保護我啊？」

「當然了。」

彷彿與我較勁般，水斗帶著挖苦的味道歪扭起嘴唇。

「這不是弟弟該盡的義務嗎，老姊？」

……差點忘了，他現在是我弟。

我忍不住噘起嘴唇。

「……弟弟還敢這麼臭屁。」

「世界上臭屁的老弟又不是就我一個——唔喔！」

「呀……！」

電車轉了個彎，所有乘客都往旁搖晃。

水斗失去平衡，一個踉蹌——一回神才發現我被他按在車門上，臉埋進了他的肩窩。

「……抱、抱歉……」

聲音搔動著我的右耳。

雖說我比國中時期長高不少，但仍然不比這個結束了發育期的大男生。以我們的身高差距來說，他的嘴唇恰好就在我的額頭高度，所以變成這種姿勢時，他等於是整個人覆蓋住我，讓我徹底體會到自己有多瘦小，嗚嗚嗚嗚……

「總之，我這就讓開。」

「——啊，等……暫停……！」

看水斗做勢要從我面前離開，我急忙抓住了他的襯衫。

——當然，我不是捨不得解除這個姿勢。

……是因為如果他現在讓開，我這張臉會被他看到。

到時候，就換我變成妹妹了。

「反……反正每次電車一搖你就會這樣吧，誰教你是瘦皮猴。」

當然我不可能實話實說，於是隨口掰了個還算說得過去的理由。

「你就站你覺得穩的姿勢吧……反正很快就下車了。」

「……好吧。」

聲音與氣息落在我的耳朵上，然後，我們就陷入了沉默。

之後，電車再也不曾搖晃。

好不容易才終於下了電車後，我們走進直通車站的地下街。

我們擠進人潮，一直線走在女性服飾店林立的走道上。我平常挑禮物的禮品店就在這前面。

可能是人擠人的關係，也可能是女性服飾精品散發出的閃亮氛圍，似乎讓水斗覺得很尷尬。

真是，宅男就是這麼沒用。

「……妳只說要買禮物……」

不知道是想掩飾什麼，水斗突如其來地開口：

「但是要買什麼？妳應該心裡有底吧？」

「花束，或者相框……再來就是平底鍋之類的？因為媽媽很喜歡下廚。」

「但妳從來都不會想跟阿姨學學。」

「……要你管。什麼女生不會下廚就很糟糕，這種觀念太落伍了。」

「哈！但我怎麼記得有個女的我沒拜託她就做了便當過來——好痛！」

我一氣之下踢了他小腿一腳……總有一天我一定要扳回一城。

講著講著，就來到了目的地的禮品店。旁邊隔一條通道就是花店，我打算順便買一小束花，不過先挑禮物比較重要。

繼弟一副被女生氛圍嚇得裹足不前的樣子，我硬是拉著他走進去。

水斗在陳列的商品之間東張西望。

「……哦，本來還以為八成都是一些莫名其妙的小東西，原來也有很多實用物品啊，像是手帳。」

「應該沒幾個人會買莫名其妙的東西當禮物吧，又不是你。」

「我什麼時候送過別人莫名其妙的東西了？」

「東西是沒有，但你總記得自己推薦過別人奇怪的電影吧？」

「《記憶拼圖》明明就是經典。」

「是沒錯，但真佩服你竟然跟國中女生推薦那種時間軸跳來跳去的電影。」

那是在我們還沒交往的時候。《記憶拼圖》故事描述一個記憶只能維持十分鐘的男人試著找出殺妻真凶，那的確是一部好片，也很合我的胃口，但以一個國中生推薦給同年級女生的電影來說似乎有點太強烈了。可以想見這個男的在國中時期有多可悲。

「我不是看年齡或身分，而是看人推薦電影的。《蝴蝶效應》還有《十二怒漢》妳明明都很喜歡。」

「這些電影我還記得，但我忘記是哪個傢伙推薦的了……」

「嘖。早知如此就推薦一些畫面過度明亮的愛情片，讓妳強顏歡笑到臉抽筋算了……」

「你如果能那麼做，後來大概也不會弄得那麼難看了。」

因為我一定不會跟那種人告白。這正是所謂的蝴蝶效應。

我一面端詳寫著英文字母的馬克杯，一面問繼弟：

「所以呢？不看年齡或身分而是看人推薦作品的老弟，決定好要買什麼禮物給媽了嗎？」

「我哪知道由仁阿姨喜歡什麼啊。至少我想不會是這種情侶一起購買，等到分手之後才來煩惱怎麼處理的馬克杯。」

「是呀，送禮一定要考慮到之後的問題。」

國中時期的我們假如有什麼地方值得稱讚，大概就是沒有買成對的物品了。感覺會跟SNS的情侶共用帳號一樣難以處理。

「我雖然不知道她喜歡什麼，不過……」

水斗望著商品架上方的空間說道：

「我有想到由仁阿姨——應該說由仁阿姨他們可能需要什麼。」

「媽媽他們？……把峰秋叔叔也算進去？」

「嗯。」

水斗頷首後說：

「禮物等會再挑，我們先在這附近走走好嗎？我想思考一點事情。」

我們搭電扶梯，來到了京都車站大樓的地上樓層。

「啊，有書店。」

「不准去！現在進書店會把時間跟預算全部用光的！」

我攔住像螞蟻找到食物一樣差點被書店吸走的水斗，跟他走在伴手禮商店林立的通道上。

「欸，我們現在在做什麼？怎麼覺得好像只是漫無目的地到處亂晃？」

「因為我們就是在漫無目的地到處亂晃。」

「什麼！你是說我現在正在跟你像朋友一樣散步嗎！」

「妳好像很高興嘛？這麼興奮，簡直跟狗似的。」

「……如果我是狗，你是主人的話，你的手現在已經被咬斷了。」

「原來如此，那我給狗糧時可得小心點了。」

說完，水斗把邊走邊小口喝的罐裝咖啡瓶口朝向我。誰要喝你對嘴喝過的咖啡啊！

我用手推開表示拒絕後，水斗用鼻子哼一聲，把罐子扔進經過的垃圾桶……根本已經喝光了嘛！

「到處亂晃是沒有目的，但是有意義。我是在找點子。」

「點子？」

水斗邊走邊輕快地閃過人群說：

「不久之前我就在想……由仁阿姨跟我那老爸，自從再婚以來，感覺好像一直對我們有所顧慮。」

「……你說得對。媽媽也是，再婚之後好像都比以前早回家。」

「我爸也是。我想我們畢竟是年輕男女，要讓我們同住一個屋簷下，他們心裡應該還是有正常的顧忌。特別是由仁阿姨，一般來說有哪個單親媽媽，會想讓自己帶大的寶貝女兒住在有同年紀男生的家裡？」

「…………換做是我絕對不願意。」

「對吧？」

事實上在決定一起住的時候，媽媽也跟我確認過。

問我：對方也有兒子，妳可以嗎？

我沒想到是同年紀的男生，更是作夢也沒想到會是這男的，但如果對方兒子的年紀在國中生以上，老實說打死我都不願意住在一起。

當時我才剛跟這男的分手。在這種時候，我哪有辦法跟其他男生住在同個屋簷下。

但如果我說不要，媽媽就會跟峰秋叔叔分居，或是根本放棄再婚。所以當時我沒有把話說死，只說先見過面再決定。

結果來的是這男的，於是我決定忍耐。

因為我知道如果是這男的，先不論精神層面，至少身體方面不會有危險。

……可是，媽媽當然不知道這些內情。她應該是看在峰秋叔叔的面子上才會信任水斗，但一定會為我擔心。

「這方面的擔憂，說實話只能靠我們以行動慢慢證明了，非一朝一夕能解決的問題。」

「是呀，你說得對。所以不要再三更半夜到房間來找我了。」

「這話我原封不動還給妳……這樣吧，妳如果有什麼事非得聯絡我就用手機好了。」

我抬頭盯著水斗的臉看，他詫異地回望我。

「怎麼了？有什麼不方便的地方嗎？」

「…………沒有，沒什麼。」

晚上，在房間，偷偷講手機。

這……豈不是跟還在交往的時候沒兩樣？

——我如果這樣說，他一定會挑我語病故意鬧我。

「這個問題先擺一邊，重點是……」

水斗似乎完全沒察覺，繼續說下去：

「他們倆只顧著顧慮我們，該怎麼說？我覺得很可惜。」

「可惜？」

「我的意思是既然都結婚了，好歹該享受一下新婚生活吧。」

「……對喔。」

媽媽跟峰秋叔叔基本上算是新婚。但因為有我們在，導致他們不能只想到自己。這的確……很讓人過意不去。

「所以啦。」

水斗把手插在口袋裡走著，語氣平靜地說：

「我們能送給他們的最好禮物，是**時間**——老爸跟由仁阿姨的夫妻時間。我覺得應該是這樣……」

他的側臉不帶絲毫玩笑或耍帥意味，只是真誠地說出理所當然的想法。

……這男的，竟然會說這種話。

曾經說過——不懂得何謂寂寞的他，竟然……

「……不過嘛，問題在於我想不到具體的辦法。送餐券或旅行券是最快的方法，但老爸他們還有工作，況且用我們的零用錢能買的票券額度也大不到哪去……」

「……所以才要找點子？」

「就是這麼回事。我是想說逛逛平常不逛的地方，看看平常不看的東西，也許能想出些平常想不到的點子。」

這男的一輩子當中，到底需要考慮多少事情？

明明要等我提醒才想起母親節的事，卻在這麼短的時間內就想得比我還深。

他這種思考的分量，大概是……因為沒有人能幫他想。

因為他無法將大腦的資源，分給自己以外的事物。

……胸中的空洞，發出了呼呼風聲。

然後，就好像傷口結痂那樣，一個答案自動剝落。

「……既然這樣，只要反過來想不就行了？」

我自言自語地說出的一句話，吸引了水斗的目光。

「假如想為他們安排夫妻獨處的時間，其實不用讓他們倆去其他地方……」

正好就在那個瞬間。

我看到車站大樓的窗外，見到車水馬龍的景象，還有馬路對面的建築物……

那個商店的招牌映入眼簾。

雖然時機巧到像是故意算好的，但這完全只是巧合。

我們逛過平時不逛的地方，看過平常不看的東西——就這樣成功想到了平常想不到的點子。

「……原來如此。」

水斗一邊不知道想通了什麼，一邊看了看手機時鐘。

「今天——的話實在太趕了，下星期六日比較可行……」

「咦……？等、等一下，你是認真的嗎！」

「這不是妳出的主意嗎？」

「不，不不，我只是說也可以這樣去想……！」

「妳若是有替代方案，我洗耳恭聽。」

「……啊……嗚……」

我想不到。我的腦袋只會空轉，完全想不出有什麼妙計可以讓這男的心服口服。

可是，可是……

我想都沒想到，這男的，居然會說出這種話來……！

我再度抬頭，看看馬路對面那家店的招牌。

在大廈的二樓，「網路」、「漫畫」幾個大字正在強調自己的存在感。可能是我的刻板印象，總覺得好像帶點地下文化的味道。我只聽說手頭拮据的人會拿來做**那種用途**，沒實際經歷過。

在我們的視線前方——有著一家**網路咖啡廳**。

「——媽媽，謝謝妳平時的付出。這是母親節禮物……是我跟水斗送妳的。」

翌日，星期天——下午在客廳。

我帶著每年固定的感謝詞，把昨天買來的小花束送給了媽媽。

媽媽一邊收下掌心大小的迷你花束，一邊連連眨眼，看著站在我身邊的水斗。

「咦……？水斗也是？」

被講到的本人則是把臉轉向一邊……我看這傢伙是在害臊吧？

我用手肘頂了一下繼弟的側腹部，暗示他不許打混。

結果水斗還是不肯看媽媽的眼睛，用模模糊糊聽不清楚的聲音說道：

「畢竟……您幫我做便當，替我打理生活大小事……。算是對您平時的照顧表達一點謝意吧……嗯，大概就是這樣。」

這男的就不能正常說句「謝謝妳」嗎？就連這種時候都喜歡講道理。

但是對媽媽來說，這似乎已經夠好了。

大顆的淚珠，開始從媽媽的雙眼滾落。

「咦……那、那個，由仁阿姨？」

水斗嚇了一跳，狼狽地不知所措。

我……早就猜到會這樣了。

因為媽媽明明有我這麼大的女兒，卻像個小孩子一樣愛哭。

「嗚嗚……嗚欸……嗚啊啊啊……！我才是……謝謝你……！」

媽媽哭得整張臉皺成一團，用沒拿花束的那隻手緊緊抱住了水斗。水斗似乎還在困惑，但默默地接受她的擁抱。

媽媽至今從來不曾要求水斗叫她「媽媽」。水斗這人不會在乎自己與他人的距離，所以似乎完全沒放在心上，但媽媽一定覺得很不安，不知道水斗有沒有接受她的存在。

畢竟她曾經失敗過一次——在跟別人建立家庭的這件事上。

我也是因為明白這點，才會希望水斗也送她母親節禮物。

「結女也是，謝謝妳喔喔喔喔！」

抱水斗抱過癮之後，媽媽馬上轉往我這邊。

「抱歉，媽，不要弄髒我的衣服喔。」

「知道了～～～！」

媽媽踮起腳尖以免眼淚或鼻水沾到我的衣服，把下巴擱在我的肩膀上抱住我。我得稍微蹲下才能讓她抱。

國中時期的發育，讓我的個頭早已超過了媽媽。記得媽媽得知這件事的時候，還鬧彆扭地說：「明明是我女兒，這樣太詐了！」……

「你們真是乖孩子……！結女跟水斗都是乖孩子……！」

「是，是。」

我溫柔地輕拍媽媽的背。現在到底誰是女兒？

——至於水斗，則是用昔日曾經有過的面無表情望著我們。

媽媽抱著我們哭了一頓之後，又喊著：「峰秋～～～～！」撲向待在不遠處的峰秋叔叔。峰秋叔叔一邊面露溫柔的苦笑，一邊像我剛才那樣安撫媽媽。

——嗯，這次一定不會有問題。

我正在做如此想時，看到水斗偷偷溜出客廳。

「…………？」

我感到不解，於是把媽媽他們留在客廳，自己隨後跟上。

走廊上不見水斗的人影。取而代之地，我看到位於走廊盡頭的紙門開著。

也不知道為什麼，我躡手躡腳地走近打開的紙門。

叮——一聲傳來。

聲音很輕，但餘音不絕。我聽過這種彷彿讓人審視內心——回首過往的音色。

我也敲響過一次。

——在這間和室的佛壇前。

我悄悄探頭，往打開的紙門內看去。

只見沒有開燈的狀態下，一個背影端正地跪坐在榻榻米上。

在他的正面有個小型佛壇。雖然燈光昏暗看不清楚……但在那佛壇上，供著年約二十來歲的女性照片。

聽說──她的名字是伊理戶河奈。

那是──伊理戶水斗的親生母親的佛壇。

水斗足足十秒鐘以上，面對它默默雙手合十。

不久他抬起頭來，注視著照片──遺照半晌後，站起來轉身時，才發現我站在門檻上。

「……妳偷看我？」

水斗維持著不毛沙漠般的面無表情，對我投以責難的視線。

我沒理他，走進了和室。

我端坐在佛壇前的坐墊上，拈起小棍子，輕敲金色的磬。

叮──聲音綿延不絕。

我雙手合十，暫時閉上眼睛。

當我抬起頭來時，發現原本已經站起來的水斗，盤腿坐在我旁邊。

一樣是面無表情，而且一言不發。

由於他只是一個勁地注視著佛壇，於是我主動而謹慎地開口：

「……你好像說過，你不記得了？」

儘管這個問題缺乏主語與賓語，水斗仍立刻回答：

「好像本來就身體不好。」

他回答得也很簡短，但我聽懂了。

大概是說分娩消耗的體力拖垮了她吧。

於是……她就在他還不懂事的時候，撒手人寰了。

「長相也是，我只知道這張照片。我既不知道她的說話習慣，也不知道她喜歡或討厭什麼。老爸也不愛提——只有**水斗**這個名字存在。這是唯一確切的事物。」

水斗。

然後是……**河**奈。

那是一個多月前的事了。搬來這個家的那一天，我跟媽媽去的第一個地方，不是客廳也不是分配到的房間，而是這間和室。

我跟媽媽坐在這個佛壇前，雙手合十，向她問好。

媽媽深深低頭，這麼說道：

——對不起。然後，請您多多關照。

這個家裡，還有這位女士的**位子**。媽媽明白這點，所以才會像那樣跟她致歉，低頭尋求寬恕。

當時水斗也在場……同樣是面無表情。

母親的存在，深深地刻在他的名字裡。

所以峰秋叔叔，還有媽媽，都能從中感覺到她的痕跡。

——但是，水斗自己什麼也沒有。

沒有回憶，沒有記憶，甚至所知不多。

但他卻被迫接受**母親這種不曾存在的失落**……他能怎麼辦呢——他能怎麼想呢？

除了回以一**無所有**之外，他還能怎麼辦？

所以他才會——面無表情。

「…………我說啊。」

「嗯？——啊，咦？」

水斗不禁發出困惑的聲音。

因為我——輕輕一碰。

傾倒身體，用自己的肩膀去碰他的肩膀。

「……妳這是在幹嘛？」

水斗也不怎麼動搖，在我的耳畔，老大不高興地低聲說道。

「我是在對你好啊……誰教我現在是姊姊。」

「昨天那個還沒完啊……」

「又沒有人規定到第二天就結束了。」

——戀人，總有一天會分手。

——就連夫妻，都並非永恆。

但是，只有父母兄弟姊妹——理所當然地，是一輩子的關係。

所以，假如這傢伙離開我的身邊……

所以，假如我離開這傢伙的身邊……

在當事人的心中，必定會留下失落。

不是從一開始就沒有，是失去曾經有過的事物。

——我相信，他再也不能說什麼「不太能理解」。

滴答，滴答，滴答，某處傳來時鐘的聲響。

在昏暗的和室裡，我整個人靠在繼弟身上，將我的存在刻進他的心中。

不久，在無法忽視的近距離內，傳來投降般的聲調：

「……好吧，既然是規定就沒辦法了。」

我的肩膀被微微推回來了一點。

「這就是所謂的一不做二不休吧。」

「你把我當成什麼了啊。」

「呵呵。」

與我互相依靠著，伊理戶水斗淡淡地**笑了**。

◆

就這樣，母親節禮物表面上，順利地拿給了媽媽。

但是，還有**祕密禮物**沒送。

「欸，真的要**那樣**做嗎？」

媽媽他們好像還在客廳卿卿我我，所以我們繼續窩在昏暗和室裡。當然，身體早就沒靠在一起，恢復到適當的距離感。

「那還用說嗎？要是能正好碰上修學旅行就好了，可是好像還要等很久。再說如果得依靠學校活動，以後想再來一遍會很難。」

「再來一遍──咦，你、你還想多來幾次嗎！」

「能讓老爸他們時常有機會放鬆，不用顧慮我們不是很好？我們只要不待在家裡，就能

達成這個目的。」

沒錯，這就是我們不小心想到的禮物。

只要我們暫時離開家——換句話說，就是在外面過夜……

媽媽他們應該就能享有夫妻的時間了。

「哎，就忍一陣子吧。等到他們信任我們之後，只要叫他們兩人去外面吃飯什麼的就行了。」

「這個嘛，好吧，或許是這樣，可是……」

「講話幹嘛不乾不脆的，有什麼問題嗎？」

「問、問題多得是好嗎！雖然我們已經沒有任何感情了，可是你想嘛，畢、畢竟還是男生女生……在窄、窄小的網咖裡……住一晚……」

「嗄？」

在昏暗的房間裡，水斗的神情詫異地歪扭。

「妳該不會以為，要在網咖的情侶包廂或什麼跟我住一晚吧？」

「…………咦？」

我腦中變得一片空白。

咦？……咦？

不是嗎！

「妳白痴啊……」

水斗故意嘆了一口超長的氣，說道：

「法律規定未滿十八歲是不能在網咖過夜的。那樣做會來個被櫃檯拒絕、警察勸導外加聯絡家長的三連擊，只會收到反效果。」

「咦……咦咦！不會吧！」

「飯店或旅館也都行不通，因為需要父母同意……雖然也有一些地方可能會放任高中生過夜……」

「有那種地方嗎？」

「愛情賓館。」

……愛什麼？

面對當場僵住的我，水斗重複一遍：

「我說愛情賓館。只要從監視攝影機看不出來是高中生就過關了……我聽說的。」

「笨……你……！」

「妳要去嗎？」

「去你個頭啦！」

我用力拍了一下水斗的肩膀。他好像不怎麼覺得痛。

「我查了一下，住賓館也不便宜，所以說到底還是行不通。」

「……你查個什麼勁啊，難道便宜的話你就要去住嗎？跟我？」

「最糟的情況下。」

「…………最糟…………」

這男的是不是說，跟我住愛情賓館是最糟的情況？

我瞪他一眼，他嗤之以鼻。氣死人了……！

「所以嘍，我們只能用最普通的方式找地方過夜了。」

「不要賣關子了啦，最普通的方式是什麼？」

「那當然就是……」

水斗用一種不太能體會的表情與語氣說道：

「所謂的……朋友嘍？」

水斗把ＬＩＮＥ的畫面拿給我看。

螢幕上顯示出他跟班上的川波同學的對話，川波同學如此寫道：

〈可以啊。既然是為了這種事，我可以讓你住個一晚。〉

〈伊理戶同學的話找南幫忙就ＯＫ！〉

〈**南她家就住我隔壁**，這樣你也放心吧？〉

「……咦？」

我驚訝地看向水斗，水斗用一種難以釋懷的表情點點頭。

「我也嚇了一跳……看來那兩人是鄰居。」

事到如今只能說是年輕的過錯，不過我在國二到國三之間曾經有過一般所說的女朋友。

我一拿這種話當開場白，可能有些人會心存戒備地想：「這回又要冒出什麼黑歷史來了？」但我想請各位稍安勿躁。當時的我與綾井結女，雖然的確是腦袋燒壞的小屁孩情侶，但並沒有把所有情侶會發生的事件全部跑過一遍。

畢竟我們那時還是國中生。憑這種等於毫無社會力量的身分，能做的事有限——更遑論什麼過夜，對於連交往的事情都沒跟爸媽報告的我們而言，那比作夢還要遙不可及。

絕對不是因為我沒那個膽。

……好吧，硬要說的話，國中二年級五月左右的林間學校可以算是在外過夜，但當時我與綾井還只是普通同學，只是連話都沒說過幾次的男生A與女生A。從在班上的存在感來說恐怕連A都稱不上，差不多只能算P吧。

這樣的男生P與女生P，有可能發生能講給別人聽的趣事嗎？不，不可能。我們能擦身而過已經不錯了，不可能像開始交往的我們那樣，發生令我們羞得滿地打滾的黑歷史。

所以這次黑歷史公開單元就跳過，不如迅速進入現代篇，切換到我與那女的之間以血洗血的戰鬥場面——我本來是這麼想的。

但不知道為什麼……

當時連點頭之交都不是的我們，照理來講不可能留下什麼彌足珍貴的時光。

不可能留下什麼回憶。

真的，明明就跟擦身而過沒兩樣。

但我，卻還記得那時候的事。

記得我初次窺見綾井結女的真實樣貌，那時候的事情。

林間學校。

關於這個活動，我連一丁點興趣都沒有，所以具體來說都做了些什麼，我完全沒留下印象。只有在空檔時間看的書名還記得清清楚楚——《不會笑的數學家》，作者是森博嗣。

對我來說小說跟漫畫或電玩同樣是一種娛樂，但看來人類有種常見的Bug，光是看到學生在閱讀文字就會覺得「哇，真是上進」，所以即使我完全不跟別人說話只顧著享受閱讀樂趣，也沒有人來講我的不是。

聽我這樣描述，一些不把閱讀或電玩當成休閒計畫的人也許會可憐我，覺得我是個「空虛寂寞的傢伙」，但這是我個人享受林間學校時光的方式。在山上看推理小說也別有一番風味，還不賴。會讓我想像森林外頭會不會有幢奇形怪狀的洋房。

於是，夜晚來臨。

我們沒有奢侈到能睡單人房，就只是在類似宴會廳的地方用睡袋打通鋪。

雖然位置有分開，但女生也跟我們睡在同個空間。陰暗沉悶的空間，飄散著竊竊私語的聲音。她們本人或許以為是在講悄悄話，但幾十個人一起講話，再小聲也會形成難以忽視的噪音。

我輾轉難眠，很快就爬出睡袋站了起來。我一面感覺到附近男生用「這傢伙有沒有搞錯啊」的視線看我，一面拿起文庫本，裝出一副要去廁所的模樣，匆匆溜出了充當大通鋪的宴會廳。

走廊也已經關燈了，不過從窗戶射進的月光，朦朧地照亮著木質地板。只要有這點光源，要閱讀文字就不成問題。我移動到離大通鋪稍遠的地方，靠在窗邊仰望天空。

當時我正在閱讀的書《不會笑的數學家》，故事與星空有很大的關係。由於正在看這樣的書，所以我才會反常地想體驗一下觀星的樂趣。

我心想：哦，還挺美的嘛。

仰望星空的人，實際上大概也就這種感想了。頂多只有電視演員或YouTuber，會故意感動地喊什麼「哇啊……」吧——

——哇啊……

忽然間，這個聲音從我旁邊傳來。

怪了？有人在看YouTube嗎？我如此心想，視線轉去一看，只見在我旁邊的旁邊的窗戶，有個嬌小女生仰望夜空看得出神。

我這人基本上從來不記得同班同學的名字，但也有例外。

也就是跟我一樣，在學校格格不入的人。

儘管我很清楚兩個邊緣人建立起舒適圈，也不過就是兩個邊緣人罷了，但還是會無可避免地自動產生同類意識。

綾井結女。

記得那個女生，是叫這個名字。

她總是寸步不離自己的座位，所有時間都在看書。我從沒看過她跟朋友說話。即使在這林間學校，仍然看到她無法進入同學的圈子，一個人手忙腳亂、鬼鬼祟祟地度過每個時間。

讓我解釋給在學校過得一帆風順的人聽吧，其實邊緣人也有分處事聰明與笨拙的類型。

前者即使沒有朋友，還是能靠自己度過危機（例如忘記帶課本），但後者一定要別人幫

忙才能解決問題。我敢說自己比較屬於處事聰明的類型，但她……綾井結女明顯屬於笨拙的類型。

看到她那種類型的人，我會覺得有點尷尬。

不知是同類相斥還是尷尬症發作，我一看到她遇到麻煩，就會覺得好像連我都遇到了麻煩。

搞到最後，甚至會若無其事地伸出援手。

其實今天中午也是，在露營區煮咖哩時，我才剛把多餘的材料分給沒領到材料的她。

像她這種型的人總是不敢老實說自己搞砸了，所以別人只能自己去關心、幫助她。不巧的是我們班上就我一個人能想像到這種內向者的隱情，所以只能由我來幫助她。

因此，我所知道的綾井結女只有兩種模樣，一種是在教室無處容身的她，另一種是當我伸出援手時，惶恐不安的她。

但是——此時此刻，在那裡的她……

她那在朦朧月光照亮下仰望夜空的臉龐……

是我不曾見過的表情——我擺不出來的表情。

……我暗自感到無地自容。

我發現自己內心的某個角落一直在瞧不起她——而對這個事實感到可恥。

換成現在的我會說「那種女人一輩子瞧不起她無所謂」，不過以一個欠缺考慮的國中生來說懂得自我反省已經不錯了，這點倒是可以稱讚一下。

或許錯就錯在我不該懷著這種心思，目不轉睛地注視她的臉龐吧。

綾井看向我這邊……

——啊……啊嗚……

隨即羞恥地縮起肩膀，再也不說話了。

……真是，這個女生實在太笨拙了。

我不認為像她這種女生會毫無理由就溜出大通鋪。她一定是有事找我。

但我覺得，假如我直話直說地問：「找我什麼事？」她會更害怕。

……仔細想想，其實就算那樣對我也沒影響，但當時的我將視線轉向窗外的夜空，說了這麼一句話：

——月色真美。

——咦啊！

立即見效。

綾井以外的人聽到這句話，想必會愣愣地不懂什麼意思，但她卻臉紅到連在黑暗中都看得出來，變得更加手足無措、目光游移。

——那、那個是，那、那個，啊嗚，嗚嗚……

——我不是那個意思啦。

我搖晃著肩膀低聲偷笑。

真的，我也不懂我怎麼會這樣開她玩笑。至今我仍然不懂自己當時的心態，一定是當時我已經預料到這女的會變得面目全非吧。就當作是這樣好了。

——……啊……

綾井不知為何，半張著嘴看著我的臉。

我很好奇她覺得什麼東西這麼稀奇，但到頭來她什麼也沒說，僅仰望我說很美的月色。

叢雲飄來半掩群星輝映的明月，又飄然遠去。我們沉默無語，從間隔一扇窗的不同窗戶，仰望著同一個月亮。

不久，就在厚重陰雲遮住月亮時，我聽見了細小輕微的聲音：

——……中午，謝謝你……不好意思。

我還來不及轉頭看她，她已經啪噠啪噠地小跑步逃回大通鋪去了。

我一邊望著嬌小背影消失的走廊，一邊暗自恍然大悟……原來她追出來找我，是想說這個啊。

連邂逅都稱不上，這只是擦身而過罷了。

不符合因果關係的因，不是理由也不是契機。

假如隔著一扇窗的距離交談的這段對話，竟然是三個半月後那件事——綾井結女成為我女朋友的伏筆，那我怕老天爺是看太多推理小說了。

現實人生沒有那麼精密，能讓發生的所有事情都與未來相關。

只是，我對著其實不覺得有多漂亮的星空，反常地許了個願。

不是以男生女生的關係，而是看在同為學校不適應者的情分上。

但願對她來說，這場恐怕絕不會變成美好回憶的林間學校之旅，能因為這片星空而變得美麗一點——

然後我才發現，我沒跟她說不客氣。

好吧，下次再講就是了。一定還有機會。

我心裡這麼想，就這樣過了兩年的時光。

◆

有個名詞稱為五月病。就是一個人漸漸習慣從四月開始的新生活，氣候又開始轉暖，導致整個人喪失動力、慵懶倦怠的那種現象。別人的新生活只花一個月就能適應，真是令人羨

慕不已。我到現在還是沒辦法適應跟前女友住在同個屋簷下的生活環境。

然而，到了五月中旬──母親節之後過了一星期的這週六日。只有這兩天，我能夠從這種讓我備感壓力的環境獲得解脫。這要我怎麼能不高興？

「我得感謝你，川波。即將到來的期中考就交給我吧。」

「哦，你要幫我溫習功課嗎？」

「我會幫你打氣。加油。」

「就這樣喔！」

明明就讀超認真明星學校卻在髮梢上大玩造型的叛逆男子──川波小暮滿口怨言。真是人在福中不知福，我的加油打氣可是很珍貴的。

我們正走在從我家前往川波家的路上。

這週六日，我出於一些原因，決定在班上同學川波小暮的家裡住一晚。

我的親生父親與繼母雖說是再婚，但好歹也是新婚，卻總是為了彼此的拖油瓶勞神費心，看起來似乎沒能保留夫妻獨處的時間。於是我們這對貼心的兒女，決定將這週六日的時間送給兩人當禮物。

所以，這兩天，結女也會去住朋友──南曉月的家。

久違了大約一個半月，終於要跟那女的在不同的屋子裡過夜了。

……只是……

「到了，我家就在這。」

說完，川波在一棟有點年代的公寓前駐足。符合京都地區的常態，公寓大樓沒有很高——最多不過十層吧。

我在川波的帶領下，穿過自動上鎖的入口大廳。

川波家似乎在比較高的樓層，我們走到電梯大廳。這時……

「……靠。」

「……啊。」

我見到了不想見到的面孔。

可能是在等電梯吧，大廳裡佇立著兩個女高中生。

一個是把頭髮綁成活潑馬尾的嬌小女生。她把鬆垮垮的T恤衣角在腰側打個結，毫不吝惜地展現出短褲底下的赤裸細腿。一身打扮真要說的話給人中性的印象。

正是南曉月。

而站在她身邊的，是個把煩躁黑髮留長得七分像鬼的女人。她今天身穿白底連身裙，一整個故作清純。明明只是個小老百姓卻這樣到處散發名媛調調，難道這也是高中出道的戰略之一？

正是伊理戶結女。

我對結女投以內藏敵意、歹意與冷意的視線。結女隨之也對我回以內藏惡意、犯意與殺意的視線。

『給我滾。』

『要滾你自己不會滾啊。』

『妳又不是沒有其他朋友。』

『哎呀，對不起喔。我沒考慮到有些人沒得選擇。』

我們只憑眼力你一言我一語地爭論不休。

最後是南同學不符場合的開朗聲音，為不毛的爭戰劃下了句點。

「啊，是伊理戶同學耶～！怎麼了怎麼了？該不會伊理戶同學也要住外面？」

南同學蹦蹦跳跳地闖到我面前，窺探似的抬頭看我的臉。

她想殺我！我邊反射性地後退邊說：

「對、對啦，差不多……」

「真巧！結女今天也要住我家喔——」

霎時間，南同學進一步逼近我，小聲呢喃著說道：

「（——聽說今天的這個，是伊理戶同學提出來的？）」

她的嘴角，浮現與小動物般外貌極不搭調的冷笑。

「（謝謝你喔。竟然能跟結女兩、個、人、單、獨過夜，簡直像在作夢一樣！真是人如其名！）」（註：結女日文與「夢」同音）

……我是不知道她想酸我什麼，但這個超狂妹可是想跟我結婚好跟結女做姊妹呢。我看還是得警告一下。

「（……妳可別做什麼奇怪的事喔，南同學。）」

「（你在為我吃醋？超開心～！沒枉費我努力倒追？）」

「（妳如果是說認真的，那只能說妳真的蠢到無敵。）」

「（好說好說！）」

我沒在稱讚妳，別給我擺一張跩臉。

「好了啦，離遠點離遠點。」

川波過來，像拎一隻貓似的抓住逼近我的南同學脖子把她拉開。

「這樣硬闖男人聖域不好喔。女生到一邊摘花去吧。」

「哇喔——男尊女卑這麼明顯。而且還男人聖域咧，哼，跟你超不搭！」

「喂喂，這樣好嗎？被撇在一邊的小公主可是芳心寂寞喔。」

我把視線轉向被晾在一邊的結女，只見她用帶點鬧彆扭意味的目光望著我們。她一發現我在看她，立刻冷漠地把頭扭到一邊。

南同學掙脫川波的手，衝去抓住結女的手臂。

「對不起嘛，結女！我不會冷落妳的！我不會！」

「不會，沒關係的，曉月同學。我只是覺得某個做弟弟的一副色瞇瞇不要臉德性，身為家人覺得很丟臉而已。」

冷酷的視線迅速飛向我身上。什麼色瞇瞇，那傢伙的眼睛是不是有問題啊。最好去眼科看看。

南同學抱住結女的手臂，轉向川波說：

「……那麼，川波，你可別來煩我們喔？這邊是女生聖域。」

「不用妳拜託，我也不會去妳家啦。」

見到川波邊掏耳朵邊不屑地回道，又看到南同學吐舌頭扮鬼臉，結女拘謹地說：

「……呃，曉月同學，我一直很好奇……妳跟川波同學，是什麼關係？」

對，就是這點。

我這次就是誤判在這點上。

本來以為可以贈送老爸還有由仁阿姨一段兩人獨處的時間，順便又能讓我遠離結女——

卻沒想到計畫會出錯。

「啊，妳完全不用在意喔？」

南同學笑容可掬，好像不當一回事地告訴她：

「我跟那傢伙只是住隔壁，從念小學的時候就常常玩在一起而已。」

「那不就是青梅竹馬嗎？」

我吐槽一句。

地點在川波家的客廳。聽說他爸媽經常整天不在家，今天也不太可能待在家裡。所以他說我們可以肆無忌憚地占用所有房間，我在客廳桌邊接受他的麥茶款待。

川波隔著桌子在我對面坐下。

「沒那麼誇張啦。就只是住隔壁，從念小學的時候就常常玩在一起而已啊。」

「這不叫青梅竹馬的話，那什麼才叫青梅竹馬啊！跟全世界的青梅竹馬角色道歉！」

「你在激動什麼啊？」

川波冷淡地說，咕嘟咕嘟地喝著麥茶。這是怎樣，好像我才是怪人似的。我有哪裡奇怪嗎？

「青梅竹馬啊……的確，別人過去或許是這樣稱呼我們的……」

「別講得好像是過去樹立傳說如今避世隱居的作品主角一樣。」

「可是啊，所謂的青梅竹馬，不是用來形容現在仍然感情很好的人嗎？只不過是小學同班而已，不能叫做青梅竹馬吧。」

「我怎麼看你們現在感情還是很好？」

「那是因為我跟那傢伙就只有交際力特別強啦。你知道嗎？能跟處得不怎麼好的人假裝處得很好，這種能力就是俗稱的交際力啦。」

這套莫名接近真理的說詞，讓我不小心被說服了。以這種定義而論，那我的交際力就是零。

「那也就是說，你們以前感情很好，但現在疏遠了？還真老套。」

「別說別人的人生老套啦。更何況現在的我跟那傢伙，心靈距離已經遠到用疏遠不足以形容了。」

「可是物理性距離卻是鄰居？」

「對啊。」

「真是地獄。」

「是吧？」

我能夠痛切體會。這男的，處境跟我真是越來越像。

「……不過，假如我記得沒錯，你不是說你跟南同學『國中上同個補習班』嗎？」

「我可沒說謊喔？只不過是國中上同個補習班，又是從小學以來就是鄰居而已。」

原來是敘述性詭計。在日常對話中加什麼敘述性詭計啊。

「……好吧，我是不打算追問你的隱私。」

「我倒是打定了主意要追問喔。你跟伊理戶同學發展得怎麼樣了？」

「多少顧慮一下好嗎！」

川波露出愛挖人隱私的嘻嘻賊笑。

「好嘛好嘛，就當作是一宿一飯之恩嘛。就滿足一下我的好奇心會怎麼樣？」

「真是個趁人之危沒在手軟的傢伙……」

「豈止趁人之危，我還要上下其手呢。」

「根本變態一個嘛。」

「所以把話講開了，你看過她的咪咪沒有？乳頭是什麼顏色？」

「誰要告訴你啊！就算看過我也死都不會說！」

「哦──？意思是伊理戶同學的咪咪從實物到資訊，全是屬於你一個人的？」

「隨便你怎麼想吧……」

「哦──原來如此──」

川波露出賊頭賊腦的邪笑。我一產生不祥預感的瞬間，這傢伙忽然大聲高喊：

「伊理戶說『結女的咪咪是我的』——！」

霎時間，「砰咚砰咚砰磅！」背後傳來一陣聲響。

……咦。

該不會……

我全身凍結，一邊冷汗直冒，一邊看向正面笑得邪門的同窗。

「啊，我忘了說了，這棟公寓的牆壁很薄喔。」

不會先說啊！

「砰砰咚砰磅！」我背後的牆壁傳來一連串的恐怖聲響。這正是所謂的壁咚（愛情片裡不會有的那種）。

『結、結女結女！冷靜冷靜冷靜！繼續打下去，牆壁或結女的手有一個會面臨極限啦！』

『嗚嗚……！嗚唔嗚嗚嗚嗚嗚嗚～～～～！』

先是聽到猛獸般的低吼聲，接著手機傳來一大串啪唧嗶鈴嘟嚨咚嚨登楞的ＬＩＮＥ通知音效。

〈Hentai〉

〈Hentai〉

〈Hentai〉

〈Hentai〉

看來她連打個國字或加個驚嘆號都嫌太慢，速度比隨便一家垃圾訊息快多了。

我悄悄關掉手機電源。

然後，我對著眼前從剛才爆笑到現在的男人，送出頭等冰冷的視線。

「……川波。」

「噫——噫——噫哈哈哈哈哈哈哈！」

「你這混帳的房間在哪？」

「嘻——嘻嘻嘻——嘻？」

川波的笑容凍結了。

伊理戶水斗絕不忍氣吞聲。

以牙還牙，以眼還眼，受到的傷害要加倍奉還。這是我一輩子博覽群書學來的知識。

「——『將來的夢想　川波小暮　我將來的夢想是當警察。我要變成很厲害的警察，這樣就可以保護曉月』──」

「不嗚嗚嗚嗚嗚要嗷嗷嗷嗷嗷嗷嗷嗷啊啊啊啊啊啊啊啊啊啊啊啊！」

『（砰咚轟磅磅啪嘰！）』

『等……曉月同學暫停暫停！啪嘰一聲！它發出啪嘰一聲了！』

我去川波的房間挖寶，結果挖出的黑歷史都能堆小山了。這份小學作文，看來是在他開始男生愛女生的時期寫的，絲毫不疑有他地想要南同學「當老婆」。想到這份作文竟然是當著全班同學的面唸出來，雖然不關我的事還是讓我有點發毛。

『川波──！我不是叫你把那些東西丟掉嗎！都怪你，被結女聽見了啦！』

「關我屁事啊！」

『還不都怪你亂開玩笑，你這笨蛋──！』

「吵死了啦白痴──！」

川波在被電線捆綁的狀態下隔著牆壁跟南同學互罵。

想不到這個平常總是賊兮兮地邪笑看好戲的男人，跟瘋狂印象過於強烈的南同學，兩個人會一起這樣抓狂。

我不懷好意地笑著，對手腳被捆綁倒在地板上的川波說：

「川波……我看你們其實感情還很好吧？」

「學校沒教你己所不欲勿施於人嗎──────！」

「這話我原封不動還給你。」

不愧是我，非常明白該如何利用別人的黑歷史，沒枉費我被過去的自己整得團團轉的經驗。我也不想要這麼可怕的力量啊……（渾身顫抖）

「好──來看看能不能翻出更好玩的東西吧。」

「這段是沒完沒了了嗎！伊理戶你真是夠S的！一副乖乖牌的嘴臉，本性卻是個惡霸是哪招啦！」

我也不知道自己原來還有這麼一面。我……竟然是這種人……！（渾身顫抖）

我把被我綁起來的川波丟在客廳，再次踏進川波的房間。

床上堆滿了脫下來隨手亂扔的睡衣等等，書櫃裡只有漫畫，遊戲主機電線都打結了。可以說就是一般高中男生的房間。

我發現書桌上擺著筆電，隨手打開看看。看來原本是休眠狀態，沒經過鎖定畫面就直接顯示桌面了。喂喂，把人叫到家裡的時候這樣太不小心了吧。

我本來想洩漏他H圖資料夾的名稱，但在那之前先看到了幾個文字。

「……日記？」

是Word檔，看來他會用筆電寫日記。真不像他的作風。

這個可能有點太侵犯隱私了……我如此心想，良心復活了一瞬間，但看到更新日期時改變了心意。最後更新日期是在好幾個月前。

哈哈——看來是半途而廢了吧？我如此推測，心想沒寫幾天的話不會寫什麼大不了的事，於是點擊了兩下。

以樸素明體寫就的文章，闖進我的眼裡。

『10月13日

當某人看到這個日記時，我恐怕已經不在人世了。』

「…………」

我在現實生活中，還是頭一次看到有人用這句話當日記的開頭。

但本人目前還在隔壁客廳活力十足地鬼吼鬼叫，明明就尚在人世。

好奇心泉湧而出，我繼續看下去。

『10月14日

我作了惡夢，夢到曉月幫我洗澡。我不會輸的。』

『10月15日

腸胃不舒服，今天又腹瀉了。肚子一直咕嚕咕嚕叫不停。』

『10月16日

我得了圓形禿，勉強用髮型掩蓋過去了。』

『10月17日

有生以來第一次吐血。我想去醫院，但被曉月發現了。』

『10月18日

整個人不舒服，身體好重，頭好痛。』

『10月19日

我什麼都不能做。她不讓我做。』

『10月20日

不　行了　救救我～～～～～～～～～～～～～～～』

我關閉了檔案。

就當作沒看見吧。

然後，我決定對川波小暮再好一點。

轉眼間就到晚上了。

川波家的雙親真的沒回來，我們離開公寓去吃晚飯，說是附近有間他常去的家庭餐廳。

「沒辦法，冰箱裡只有冷凍食品。我平常都是吃那些，但是拿那種東西隨便招待客人未免太殘忍了嘛？」

夜晚的城市，有種近似異世界的風格。平日熟悉的街景，彷彿疊上了不同的圖層。也許是因為我不會在夜裡外出走動，這種感覺才會格外強烈。

我一邊走在居酒屋招牌的燈光下，一邊對川波說：

「你爸媽真的很晚才回家呢。」

「這裡可是以一億人總血汗國家聞名海外的日本耶？正常啦。」

川波一邊交互踏過街上形成的光與影，一邊聳了聳肩。

「你跟我說想安排爸媽獨處的時間，拜託我讓你在家裡過夜時，我可是很佩服喔，想不到現在還有這種值得嘉許的年輕人。」

「你幾歲啊？」

「滿十歲之後就沒在數了。」

「到底是有多不會數啊？」

川波晃動肩膀，嗤嗤發笑。

假如那個沒有家人的家，對川波而言是自幼以來的日常生活，那我的確能理解。在那種環境下，如果隔壁人家有個年齡相仿的小孩，怎麼可能不變成好朋友？

就是所謂的——情同手足吧。

……比起我與結女，這傢伙跟南同學更像是一對繼兄弟姊妹。

「兩位嗎——？」

「是。」

「正好有兩人座位空著，這邊請——」

雖然離晚餐時間有點久了，但家庭餐廳裡滿是以一家人為主的客人，生意很好。幸好碰巧有兩人座位空著。我們前往店員帶位的窗邊座位……

「「「「啊。」」」」

四個人的聲音重疊在一塊。

結女與南同學，竟然就面對面坐在店員帶位的座位旁邊。

「嗚！」南同學露出懊悔的表情。

「糟了……！我忘了川波也會來這裡……！難得跟結女兩個人的優雅晚餐時光都泡湯了……！」

「明明就是廉價家庭餐廳，誰跟妳優雅晚餐時光啊。反正妳一定又是點義式肉醬起司焗飯吧。」

「又不會怎樣，義式肉醬起司焗飯很好啊！便宜又好吃！我看你才是會點感覺有害健康的披薩吧！」

「披薩有什麼不好？又便宜又好吃還可以大家分享。」

我來回看看一碰面就聊開了的川波與南同學，坦白說出心裡的想法：

「這個擺明了一副『平常都兩個人一起來』的感覺……真不愧是青梅竹馬。」

「「青梅竹馬？誰跟這傢伙是那種關係了！」」

「你們該不會是故意的吧？」

還有，一般都是被當成男友或女友時才會有這種反應好嗎？為什麼被當成青梅竹馬就這麼激動？

由於川波不情不願地在靠走道的椅子上坐下，我也就不情不願地坐到了靠牆的位子上。以位置來說我的旁邊是結女，川波的旁邊則是南同學。我是覺得既然兩個人都不情不願大可以換過來，反正一定是川波這傢伙又在替我們想太多了。

我得留意來自極近距離的攻擊才行——我如此心想，看了一眼從剛才就悶不吭聲的結女，只見她莫名其妙地四處張望，身體坐立不安地晃來晃去。

「……找廁所的話在飲料吧旁邊喔？」

「並不是！不是啦，只是……我是第一次跟朋友晚上來家庭餐廳……」

「哈！不愧是高中出道。」

「就跟你說不是出道了！」

「現在正初次來到家庭餐廳的人講這種話沒說服力喔。」

「怎樣啦，你不也沒有過這種機會嗎？因為你沒朋友。」

「因為我不覺得跟川波一起來家庭餐廳有什麼好感動的。」

「喂喂——對今晚借住的房東給這種評價也太大膽了吧。」

我從第一次看的菜單隨便選了個便宜的義大利麵，同時點了飲料吧。

我雖然飲料吧飲料吧的講得跟真的一樣，其實我只知道有這玩意，自己是第一次點。兩百圓就能喝到飽老實說真厲害。

「喂，伊理戶，你去拿飲料吧。」

「我怎麼忽然變成你的跑腿小弟了？不會自己去啊，你這死奴才。」

「我怎麼忽然變成你的下人了？不是，我是說我幫你看著東西，你去幫忙拿飲料。」

「喔，瞭了。」

「跟伊理戶同學一起。」

「呃不，為什麼啊。」

「你看嘛，你應該沒自己用過飲料吧？可以請她教你啊，溫柔細心地教。」

川波露出邪惡下流的笑臉。一旁的南同學表情寫著「噁爛」並斜瞪他一眼。

那你這個有經驗的人怎麼不去？我正想反駁時，我旁邊有個聲音說道：

「哦——？是這樣呀？你沒用過飲料吧啊——？都念高中了耶？哦……」

「……喂，繼妹，幹嘛用這種欠揍的眼神看我？」

「都上高中了，竟然沒用過家庭餐廳的飲料吧，真稀奇呢～？你都沒跟朋友來過呀～？沒辦法嘍，要不要我來教教你啊——？」

這女的也太扯了，只不過是會用飲料吧就能這樣耀武揚威！

我這一口氣嚥不下去，毅然決然地從座位站起來宣布：

「……看仔細了，我讓妳知道什麼是真正的飲料吧。」

「就讓我看看你有多大本事吧。」

「現在是怎樣，要開始料理對決了嗎？」

我與結女沒理會微微偏頭的南同學，雄赳赳氣昂昂地來到了飲料吧。

可樂、柳橙汁、氣泡水、紅茶、冰咖啡——附有各種按鈕的飲料機等著我們到來。哪種都行，無論按哪一顆鈕，我的職責都一樣——儼然一副樸實剛毅的神態。正合我意。

「那……就來杯冰咖啡吧……」

「真的嗎？真的決定是它了嗎？」

就在我把杯子放到冰咖啡的位置，準備按下按鈕時，結女開始說話擾亂我的心智。

而且還故意嘆氣給我看，一副受不了我的樣子在那裡聳肩。

「真是……看來你似乎不知道呢。外行人就是這樣……」

「妳說什麼？不就是按下按鈕，把喜歡的飲料倒進杯子裡就好了嗎？」

「我來示範給你看。這才是飲料吧的標準禮儀！」

說完，結女拿起一個杯子，放到哈密瓜蘇打的位置。等到綠色液體裝到約三分之一滿後，這次換成加入柳橙汁到三分之二的高度。最後再加進氣泡水讓綠色與黃色互相融合，就完成了染上內臟般的噁心顏色咕嘟咕嘟直冒泡，宛若地獄河川般的液體。

「所謂的飲料吧呢……就是要親手調配出原創綜合飲料，才是正確的使用方法！」

「……妳說……什麼……」

我注視著彷彿在電玩裡的道具調合系統隨便亂配到最後果然失敗的液體，感到滿心戰慄。

世間的高中生平常都在喝這種東西？那些人難道是攝取工業廢料長大的怪獸嗎？

「來，你也來試試。順從你的手指盡情混合吧。」

「唔唔唔……」

我皺起眉頭瞪著飲料吧。

我不愛喝氣泡類所以剔除，其他嘛……

「……首先倒一點紅茶。」

「嗯。」

「接著加點葡萄汁。」

「嗯嗯？」

「最後再加入柳橙汁就完成了。」

「你瘋了嗎！」

竟然質疑我的精神狀態，真沒禮貌。

「就跟俄羅斯紅茶差不多吧。妳有聽過嗎，俄羅斯紅茶？就是紅茶加果醬的那種。」

「當然聽過好不好，真沒禮貌！不過的確，經你這麼一說，就覺得好像還不錯……」

明明是妳這傢伙叫我做的，疑心病真重。

我們拿著自製綜合飲料回到座位上。

結果南同學一看到我們端來的七彩霓虹汁，「噗哈！」當場噴笑出來。

「對、對、對、對不起，結女……！」

南同學抱著肚子渾身抖動。「？」結女偏頭不解。

「剛、剛才，我說『在飲料吧自己調飲料才是正確禮儀』……那是，開玩笑的……！」

「…………咦！」

「噗哈！啊哈哈哈哈哈哈哈哈！沒、沒想到妳竟然會當真……！嗚咕呼呼呼呼呼呼呼呼！」

看到南同學趴倒在桌上，結女先是愣然無語，然後羞得滿臉通紅。

什麼嘛，原來只是把南同學的玩笑話當真了，我就覺得奇怪。真佩服她會相信這種明顯的謊話——

「噗呼！……是、是說，怎麼連伊理戶都當真了啊……」

川波指著我手裡的山寨版俄羅斯紅茶，同樣也噴笑出來。

「噗哈，哈哈哈哈哈！真佩服你們能兩個一起上這種無聊的當！噗呼，果、果然是兄弟姊妹，你們真的是兄弟姊妹耶！噗呼哈哈哈哈哈！」

「「不准笑，你們這對青梅竹馬！」」

不知道是戳中了什麼點，青梅竹馬二人組爆笑到都飆淚了；我們在羞恥與屈辱下漲紅了臉抗議。

結果兩人的爆笑，一直持續到家庭餐廳的店員客氣地提醒：「不好意思——可以請你們稍微小聲一點嗎……」才停下來。

「嗚嗚……肚子咕嚕咕嚕響……」

吃完晚餐，一行人踏上回公寓的夜路。

走在結女身邊的南同學回想起剛才的場面，噗嘻嘻地笑了出來。

「誰教妳乖乖喝完了嘛，那個地獄飲料。」

「因為浪費食物不好意思啊……」

「好認真喔——我就喜歡結女的這種個性——！」

南同學咚一下跳起來抱住了結女的脖子。可能是早已習慣了她的這種親密接觸吧，結女也一副「是是是」的反應回抱住南同學，一路拖著她往前走。

我一邊從後面望著她們女生感十足的模樣，一邊按住胃液翻騰的肚子。

走在旁邊的川波說：

「我也應該比照辦理嗎？」

「你有膽試試看，你的襯衫將會染上從我的深淵溢滿而出的混沌……」

「我聽不懂你在說什麼，但我明白你的意思了。」

川波反而與我拉開了一步距離。這才是明智的判斷。

「雖然早就覺得你跟伊理戶同學都有點未經世故的地方，但沒想到這麼誇張。」

「小說裡面又不會特別寫到飲料吧要怎麼使用。」

「不客氣。」

像我直到最近都還以為，飲料吧大概就是「來點飲料吧」的意思咧。

「哼哼哼，這點似乎可以利用。看我下次來灌輸你什麼……」

「喂，給我等一下你這愉快犯。」

我不會再上當了！

「喂──！伊～理戶～同學♪」

忽然覺得左臂一陣沉重，原來是南同學不知何時從結女身邊跑了過來，抓住我的手臂不放。

「我聽結女說，伊理戶同學你好像很擅長現國？我們也算是有緣，你就教教我嘛──你看，期中考不是快到了嗎？」

怎麼了，這是怎樣？突然好像跟我分不開似的。妳不用去黏著結女沒關係嗎？

也許是感覺出我的這種思維了，南同學大大咧嘴一笑，比出V字形手勢像剪刀一樣開開合合。

「（反正夜晚還長得很嘛！現正實行吊胃口作戰中。）」

我往結女那邊一看，只見她在稍遠處露出鬧彆扭的表情看著我們。原來如此，不愧是與生俱來的交際力怪物，在心理戰方面很有一套。

旁邊的川波意有所指地低喃：

「（……問題來了，她嫉妒的真的是你嗎？）」

南同學用帶有敵意的目光，瞪著笑容別有含意的川波。請不要把別人夾在中間搞暗鬥好嗎？

就在我們繼續講悄悄話時，結女越來越一副被排擠在外的樣子。真是，拿她沒辦法。

「……很遺憾，南同學，我的現國學習法可能沒辦法做為參考。」

「咦——？為什麼——？」

「一天看一本小說，維持這種習慣整整一年……辦得到嗎？」

「嗚哇啊，我沒辦法！」

「我不是那種有建立起特別學習法的類型，如果要請人教妳，找那傢伙比較有用。」

我指著前方那個沒能加入話題的女人。那傢伙一注意到我的手指，「咦，啊？」就莫名地慌張起來。

「我……我嗎？」

「就是妳啊。妳比我更適合當老師，因為妳是個努力的人。」

她先是左右張望不知道在找什麼，然後開始把髮梢纏在手指上，像是要掩飾什麼。

「是、是嗎——想不到你還滿清楚的嘛？沒錯，曉月同學，要用功的話我來教妳就好。我想我應該比那男的教得好多了。」

「是啊，不像妳必須死命K書才能考得好，我是憑感覺拿高分的類型，所以不擅長教別人。」

「是怎樣，你不惹我生氣就會死是吧！」

事實如此啊，怎樣？

就在我把沒完沒了地飛來的罵人話當耳邊風，聽聽就算了的時候，我在極近距離內，看到仍然抱著我不放的南同學臉頰在抽搐。

「挺……挺有兩下子的嘛，伊理戶同學……竟然反過來利用我賺分數……算我服了你……」

我不知道她在敬佩我什麼。也許因為我是憑感覺拿高分的類型吧。

〈曉月☆：嗚哇——！我錯過結女的裸體了——！本來想拿來炫耀的——！〉－22：32

〈Yume：誰教曉月同學的眼神那麼下流……〉－22：32

〈KIKOGURE：伊理戶同學，妳的判斷是對的！那傢伙可是個在小學生身體裡藏有一顆大叔心，驚世駭俗的色狼蘿莉！〉－22：33

〈曉月☆：川波　你給我記住〉－22：33

南同學連貼了好幾個菜刀貼圖。躺在床上看手機的川波叫出「嘔噁……！」一聲開始嚇得發抖。

從家庭餐廳回來，澡也洗過了（當然是一個一個來），我在川波房間的茶几上攤開了課本與筆記。

放在旁邊的手機螢幕，顯示出各自回家之際，南同學說出「我把我跟結女令人目眩神迷的甜蜜生活直播給你們看！」之類的夢話建立的ＬＩＮＥ群組聊天內容。一方面也是為了監視南同學不要做出失控行為，我偶爾會瞄一下做確認，沒想到那女的還滿懂得保護自己的。

〈曉月☆：伊理戶同學都沒說話，他在幹嘛？〉－22：38

〈KーKOGURE：K書準備考試。結果什麼憑感覺拿高分的類型都是騙人的，超沒意思。〉－22：38

〈曉月☆：嗄？川波你沒在念書喔？我們現在是邊念書邊LINE耶。〉－22：39

〈KーKOGURE：少來了——〉－22：39

〈曉月☆：沒在跟你開玩笑。〉－22：39

〈Yume：川波同學，我想你可能是因為距離考試還有一個多星期所以大意了，但我們學校跟一般高中不一樣。你回想一下入學考的難度。〉－22：40

「…………」

川波盯著手機螢幕沉默了半晌，然後慢吞吞地從床上坐起來。

接著他僵硬地轉動脖子，看向我這邊。

「…………有那麼可怕嗎？」

「很可怕。」

「……真的假的？」

我一邊翻課本一邊秒答。

「可怕到自詡為憑感覺拿高分型的我，考試期間還沒到就得打開課本。」

「不蓋你。」

入學後沒多久，我隨便翻閱一下發下來的課本時還嚇到發抖，心想：這就是明星學校？

「川波，你應該交遊廣闊吧？學長姊沒跟你說過考試有多難嗎？」

「是有聽過一些傳聞，可是……唔喔喔喔……！原來我還沒脫離入學考之後的解放感啊……！」

我懂他的心情。好不容易才活過地獄般的考試準備，實在沒那個膽短短不到兩個月就重返地獄。

「好吧，如果只想拿平均分數的話或許是不用太拚。」

「嗯嗯？那你現在為什麼反常地拚命K書？」

「那當然是因為——」

我看看ＬＩＮＥ的畫面。

「——我不想輸給某某人啊。」

雖然入學考吃了敗仗，但我可不會每次都甘拜那傢伙的下風。

我已經聽說考試結果會連同排名一起貼在走廊上。那女的現在趾高氣昂地坐著的王座，下次我一定要搶過來。

「……你們倆真夠厲害的。」

川波忽然輕聲低喃了這麼句話，使我從課本中抬起頭來。

「我實在沒那動力跟對方正面較勁。我只會表面上假裝諒解，隨便糊弄過去就結束了，沒辦法像你們這樣傾盡全力，花精神去應付對方。」

「……是嗎？」

我故意不問他在講什麼，直接這麼回答：

「我倒覺得你們看起來也滿愛比的，就今天的情況來說。」

「不，你看到今天的場面應該明白吧。如果至今的事你都看在眼裡，應該會懂才對。我們表面上就是能處得還不錯，不會像你們這樣毫無矯飾地正面衝突不斷。因為我們知道那樣超累。」

「……那是因為你們處事精明吧。」

川波小暮對我而言，是處境相似的同志。

不過，如果要舉出不同之處的話，必定就在這裡了。

「讓我來說的話，你們的處事精明才讓我羨慕。」

假如我們能像他們一樣處事精明的話——我們的關係，想必不會弄成現在這樣。

川波表情流露出有些諷刺的淺淺笑意。

「外國的月亮總是比較圓。」

「不錯啊，順便練點國文。」

「這就是所謂的因禍得福。」

川波「嘿」一聲下了床，從書包中翻出課本。

「我也來用功一下好了。的確仔細想想，我也想考得比南那傢伙好。」

「對吧？我會幫你打氣的，加油。」

「不是吧，教我念書啊，你這想拿全年級榜首的傢伙。」

就這樣，我們一邊完成學生的本分一邊度過這一夜。

川波那傢伙，在床上呼呼大睡。

也不過才凌晨一點，看來這傢伙意外地不擅長熬夜。

雖然我已經把今天的考試準備進度完成了，但我本來就是個夜貓子，還沒有睏意。

一直聽男人打呼總覺得很不自在，於是我來到客廳。

從陽台灑落的月光，微微照亮了陰暗的客廳。

視線轉往陽台，可以看到遼闊無垠、宛如星空的夜景。說歸說，從集合住宅能看到的夜景也不會漂亮到哪去，但是對於在獨棟住宅出生長大的我來說，從住家看到視角這麼高的景觀倒是挺新鮮的。

我彷彿受到夜景吸引，打開通往陽台的落地窗。

冰涼的夜風吹過脖子。現在是五月，正值春天。吹來的風只讓人感覺清涼，而沒有寒意，相當舒服。

我借用一下放在一旁的拖鞋，靠在陽台的護欄邊。

陽台的兩側有塊白色板子寫著「發生緊急狀況時請擊破這裡」。左手邊是南同學的家

——換言之，就是那女的可能正在睡覺的屋子。

不只牆壁很薄，只要有那個意願，想進出彼此的家都很容易。

不過應該很少有機會，會需要打破這個隔板跑去鄰居家吧。

我把手臂放在護欄扶手上，漫不經心地眺望夜景。

從我面前一直向外擴展的光海，在中途受到山影隔開後，換成往天上鋪展。

感覺比平時更貼近自己好幾倍的群星，出乎意料地美麗。也許是因為自有生以來，我從沒認真仰望過什麼星空。就連超級月亮還是什麼血色月亮在世間鬧得沸沸揚揚時，我都沒特地打開窗戶仰望過夜空。

硬要說的話——沒錯。

唯一的一次，就在國中林間學校的那個清晨——

「——哇啊……」

我聽見了有點耳熟的聲音。

我往左邊看去。

也就是南同學她家的方向。

「「……啊。」」

結果，我們目光對上了。

我跟站在白色隔板另一頭的那女人，對上了目光。

結女一注意到我，立刻尷尬地調離視線，囁嚅著不敢開口。

嗯……

「都念高中了，看到夜景與星空還會感動到發出『哇啊……』一聲有這麼可恥嗎？」

「知道就不要說出來啊！」

結女臉紅到活像正在加熱的烤箱，把臉埋進陽台的扶手裡。

她的頭上，戴著毛絨絨的帽兜。上頭有小熊耳朵，是那種光用孩子氣還不足以形容的孩子氣帽兜。帽兜中露出用白色大腸髮圈綁起的兩把黑髮，像浴巾一樣垂在胸前。

嗯……

「看來都念高中了還穿著可愛動物睡衣的模樣被人看見，也讓妳相當難為情呢。」

「竟然還補槍！魔鬼！鬼畜繼弟！」

就跟妳說是繼兄了，妳這繼妹。

「嗚嗚嗚嗚……！」結女壓低了臉不斷發抖，我面露聖賢般的和藹微笑安慰她。

「哎，不用在意。跟我這個年紀相仿的男人住在同個屋簷下肯定對妳造成了很大壓力吧，我能體諒妳想趁這次機會發洩一下的心情啦。」

「不要再表現出這種惡意滿點的同情了好嗎……？我是被曉月同學逼的，才會穿這種睡衣……」

「沒事沒事，我覺得很可愛啊（白痴到可愛）。」

「我聽見了！最好不要以為只要說可愛，女生就會高興！」

「這點小事我知道，所以我才會說啊？」

「這樣更惡劣！」

可能是還沒調適好心態，她沒做出反擊，單方面地被我嗆爆。看來是進入加分關卡了，可得趁現在多賺點分數才行。

「……你才是。」

我正在思考接下來怎麼逗她時，結女抬起還有點泛紅的臉，側眼看了看我。

「一個人跑到陽台上來，是在感慨什麼？俯視著夜晚的城市，自以為是什麼陰謀的幕後黑手嗎？中二病發作嗎？」

「如果說完全沒有那種心情是騙人的，但很遺憾地，這裡不是最高樓層。可別太小看中二病了——」

中二這個名詞，實際上的確害我想起了是什麼回憶讓我感慨。

結女先是詫異地看著忽然閉嘴的我，「……啊。」然後將視線轉向夜空。

然後，她唇角流露出些微笑意，如此說道：

「——月色真美。」

「…………唔。」

我的臉頰一陣抽搐……這傢伙反應真快。

結女將眼睛從夜空轉回我這邊，捉弄人似的笑了。

「原來你還記得啊——？林間學校的那一晚。記憶力挺好的嘛？」

「……妳才是，竟然連我說過的話都記得。要論記憶力的話恐怕是妳比較——」

「我怎麼可能……忘記呢？」

結女的嘴邊流露出某種虛幻、如星輝閃爍般的笑意，使我為之屏息。

結女的纖細手指，越過隔板，緩緩伸向我的臉——

——然後忽然換了方向，指向我的手。

「《不會笑的數學家》。」

「…………嗄？」

「你那時候，拿在手裡的書。我也喜歡那本書，所以記得很清楚。你可得感謝森博嗣老師喔。」

「………………喔，是喔。」

我逃避似的把視線轉向夜景，手肘支在扶手上托著臉頰。我只能努力維持住表情做無謂的掙扎，結女卻嗜虐成性地輕聲竊笑。

「被人發現都念高中了還把國中時期的小小回憶當成寶貝記在心裡，有這麼可恥嗎？」

「……是是是，好丟臉好丟臉。恭喜妳報復成功。」

「真不可愛。」

結女把下巴擱在交疊於扶手的手臂上。

可能是駝著背的關係，也可能因為穿的是小熊睡衣，她那模樣看起來比平時更稚幼。對，就像以前，那個個頭嬌小的綾井結女。

「…………我說啊。」

結女仍然把下巴擱在手臂上，說道：

「我如果跟你說——我從那時候就喜歡你，你會怎麼做？」

我看了看結女的側臉。她側眼偷瞄了一下我的反應。

其中沒有捉弄人的意味。

「……還能怎麼做？這能改變什麼？」

「也是……事實上，我那時候還不算真的喜歡你。」

「還不算？」

「當我沒說。」

結女摀住自己的嘴調離了目光。像是說了不該說的話。我本來很想繼續追究，但氣氛不適合，於是我轉回原本的話題。

「怎麼忽然提這個？」

「沒什麼……只是看到曉月同學他們那樣，就有點……覺得有些事情，也許是隨著時間累積培養起來的。」

「……隨著時間累積，是吧。」

的確，川波與南同學之間有種牽絆——我這樣說一定會招來慣例的一句：「誰跟這種人有牽絆！」所以換個說法，就像是某種長年累積的專業知識。

——我們表面上就是能處得還不錯。

能做到這一點，想必不只是因為處事精明，更是因為他們自幼就很了解對方。是因為長時間相處加深了對彼此的了解，才能看清不能跨越的底線，保持適當的距離，表面上裝作相安無事。

光憑不過一年半左右的交往，無法達到那種境界。

話雖如此，再多加個短短兩個月，也不會有多大改變就是了。

「……用不著補上不存在的兩個月。」

我輕聲開始說起後，結女把臉頰貼到手臂上看向我這邊。

「要時間的話，我們多得是——當然，前提是老爸跟由仁阿姨沒分手。」

「……你覺得他們，有可能分手嗎？」

「不覺得。」

假如他們耍甜蜜耍到讓我們看不下去的話——換言之就是像以前的我們那樣的話或許反而還令人不安，但也許該說不愧是大人吧，我認為老爸與由仁阿姨已建立起了互相適度關懷的良好關係。

我們恐怕一輩子，都是繼兄弟姊妹了。

「……真讓人厭煩呢——」

「就是啊。」

這種關係居然要維持一輩子，真不是開玩笑的。

……不過，如果共度的時間夠久——也許我們就能像川波他們那樣，變得能夠表面上假裝相安無事……不會再像現在這樣，動不動就起爭執。

不知該怎麼說，那總讓我覺得——

「——很寂寞？」

往旁一看，結女把臉頰貼在手臂上，看著我賊笑。

「假如你覺得寂寞，要我繼續罵你罵下去也行喔——？」

「我只是覺得吵架吵不起來很沒勁，並不是欠罵。」

「笨蛋——白痴——死阿宅——」

「……我說妳啊。」

我注視著結女迷迷糊糊的眼睛。

「我看妳是睏了吧？」

「…………嗯。」

結女用一種軟綿綿的聲音承認了。

「不要在陽台上睡著喔。隔天早上變成凍死屍體被發現可不關我的事。」

「我會先把你衣服的纖維塞在指甲縫裡——」

「不要人都快睡著了還打這種可怕的主意！」

我把結女伸過來試圖捏造冤罪的手推回去。她的手變得像小嬰兒一樣熱，搞不好真的會就這樣在陽台上睡著。

我很想彈她額頭一下幫她提神醒腦，但在那之前，我有件事想問問她。她現在睡眼惺忪，即將對睡魔無血開城，鐵定會立刻誠實地回答我。

我眼睛望向不同於兩年前，卻又如同兩年前的星空，同時自言自語般說道：

「……妳開心嗎？」

這恐怕是她有生以來第一次在朋友家過夜。

吵吵鬧鬧，又笑又叫，一起用功——享受當下的時光。

做這種兩年前沒機會做的事，開心嗎？

結女沒看星空，繼續看著我，綻開嘴角回答：

「……嗯。」

然後又說：

「……謝謝你。」

我把視線轉回結女身上，撿起兩年前失落的事物。

「不客氣。」

然後我伸手過去，賞了結女的額頭一記彈指神功。

距離，比兩年前更近。

然而，一塊白色隔板清楚劃分了我們的界線。

——不過嘛，這塊板子，在緊急時刻似乎可以打破。

我向不怎麼漂亮的星空祈禱那一刻永不來臨。

◆

我大概在中午時分離開讓我過夜的川波家，回到了自己熟悉的家裡。

結女似乎打算先跟南同學在外面玩過再回家，我獨自打開家門。

脫了鞋子我才想到「糟糕」。也許我該說一聲「我回來了」。以前家裡很少有人在，我沒養成這個習慣。

……算了，管他的。反正宣布自己已經到家又沒太大意義——我把自己的疏忽輕鬆帶過，總之先打開了客廳的門。

這是伊理戶水斗這輩子，犯下的最大過錯。

「嘴巴張開～♥小峰，好不好吃～？」

「很好吃，由仁。再給我一口好嗎？」

「討厭啦，你真貪吃♥來，嘴巴張開——」

我慢慢關上了門。

迅速轉身背對房門，渾身不住顫抖。

……怎、怎麼會這樣……

我看到了。

竟然就這樣親眼目睹了。

看到一把年紀的中年人！

我的爸媽！

簡直好像國中生情侶似的！

裝年輕曬恩愛的場面——！

「……嗚咕喔喔喔喔喔……！」

我……我要吐了……！

背後的客廳沒傳來什麼特別的反應。看來他們現在眼中只有對方，沒注意到我回來了。

……我即刻傳ＬＩＮＥ給結女。

〈緊急呼叫。爸跟由仁阿姨很糟糕，請盡速返家。〉

差不多才十分鐘，結女就衝進了玄關。

「媽媽他們怎麼了！」

「噓——！」

我在嘴唇前豎起手指叫她小聲點，默默地指了指客廳。

「？」

結女一臉詫異，同時沒多想就打開了客廳的門。

然後把門關上。

她迅速轉過身來，用手遮住了臉。

「……嗚啊啊啊啊啊啊……！」

然後她跟我完全一樣，渾身不住顫抖。

看吧，妳也跟我一樣吧。

「……你……你怎麼讓我看這種東西啦……！」

「身為一家人，我認為家裡的事情應該要共同分享。」

「根本只是想拉墊背的吧……！」

也可以這麼說。

我們一塊兒蹲在客廳門口的走廊上，偷偷摸摸地開始召開家庭會議。

「（他、他們倆一獨處就會變成那樣……？在我們面前只是裝正經？）」

「（如同我們戴起了兄弟姊妹感情好的面具那般，看來老爸他們也戴起了可靠雙親的面具呢。）」

「（現在就連高中生情侶都沒那樣耍甜蜜了啦！記得那兩個人，今年應該——）」

「（夠了，別說了。會害我更想吐。）」

「（……怎麼辦？）」

「（……裝作沒看見？）」

「（……也是。那就這樣——）」

正當討論快要有結論的時候……

就在我們的背後，「嘩啦——！」客廳的門拉開了。

我們戰戰兢兢地轉頭一看。

只見由仁阿姨比實際年齡年輕的臉上，掛著親切可人的滿面笑容。

「你們兩個……看到了？」

裝作沒看見。

明明說好要這麼做了，我們倆卻忍不住一起別開了目光。

就在一種尷尬的氣氛瀰漫四下的瞬間……

由仁阿姨的娃娃臉，歪扭著擠出了一堆皺紋。

「對……對不起嘛～～～！」

意想不到的是，由仁阿姨竟然掩面哇哇大哭起來。

看到做母親的這樣嚎啕大哭，我們兩個小孩只能當場愣住。

「我、我一直，努力，想當個，好媽媽……嗚啊啊啊啊～～！我對不起你們～～！都一個歐巴桑了，還不知道要成熟點……嗚哇啊啊啊啊～～！」

要說不成熟的話現在也差不多。

原來父母親嚎啕大哭，就跟父母親曬恩愛一樣讓人敬謝不敏。真是個新發現。

總之我與結女只想脫離這個狀況，於是站起來安慰由仁阿姨。

「阿、阿姨妳別擔心！不用哭沒關係！這樣很年輕，沒什麼不好啊！」

「就是啊，媽！這不叫『不成熟』，是妳還『年輕』啦！我覺得很好啊，嗯！」

「……真的……？」

被她用哭得紅腫的眼睛一問，我與結女都只能點頭如搗蒜。

「這樣啊……我還『年輕』啊……的確，常常有人說我很年輕……」

「對吧！對吧！」

「那麼，我們在結女你們面前卿卿我我……也沒關係嘍？」

我們別開了目光。

「嗚哇啊啊啊啊啊啊啊～～！小～峰！兩個孩子都不敢對我說真話～～～～！」

由仁阿姨衝回客廳，找老爸哭訴去了。老爸一面露出極端尷尬的神情，一面輕撫哭哭啼啼的由仁阿姨的背安慰她。

自古都說，小孩的學習源自觀察父母的作為。

雖不知道我們今後會變成什麼樣的人，總之我絕對不想變成那樣。

……即使看到他們那樣，我還是覺得他們不會分手，不知道究竟是差在哪裡？

事到如今只能說是年輕的過錯，不過我在國二到國三之間曾經有過一般所說的男朋友。

這個男人不愛理人又不修邊幅，而且還是個運動白痴，是個具有三重障礙的可憐傢伙，但不知為何只有腦袋天生就聰明。

明明上課不是打瞌睡就是偷偷看書，我行我素，偏偏考試成績沒話說，因此存在感薄弱卻好像不良少年一樣被老師盯上。

至於我，自認為絕不算笨，可是在跟那傢伙談戀愛的一年半期間，考試從來沒贏過他。

說歸說，其實在我最擅長的數學上總是能贏過他幾分，但其他科目尤其是現國，卻總是遠遠不及他。

這項事實足以讓現在的我想咬舌自盡。然而當時的我卻只會傻笑——拿回考卷後跟他互比分數，發現自己輸了之後還說：「哇啊，你好厲害喔。」活像酒店小姐似的狂拍他馬屁。

當然當時的我並不具備運用場面話的技能，所以可怕的是那都是真心話。真想問問她怎麼都不會不甘心。妳這傢伙難道沒有半點自尊嗎？我看是沒有吧，誰教當時的我就像個被戀

愛感情沖昏頭的廢人。

儘管我那種敗犬天性要一直等到高中入學考時初次大獲全勝才治好，但只有一次，就那麼一次，卑微陰沉的綾井結女曾經發揮過不服輸的個性。

國中二年級，上學期的期末考——也就是暑假前夕。

那是在我遇見……我們「相遇」之前的事。

學生的本分就是念書。不是跟朋友聊天，也不是跟男朋友耍甜蜜。用功讀書才是學校這種設施的存在意義。所以打個比方，就算一個人在學校連一個朋友都沒有也沒差，只管去學校念書就對了。有意見嗎？

當時，我是個書呆子。

就是那種上學只為了念書的類型。應該說除了念書之外，沒其他事好做。

這樣的我，最拿手的科目就是數學。

之所以會變得拿手，是因為在推理小說裡看到的理科角色很帥；雖然理由就這麼單純，總之在數學考試上我從沒輸給任何人過——那是我在學校這個環境中唯一的驕傲。

然而，國中二年級，上學期的期中考。

我第一次在數學考試上吃了敗仗。

輸給了班上一個叫伊理戶水斗的男生。

伊理戶水斗這個男生跟我一樣，屬於沒朋友的類型。他似乎也對我抱持著同類意識，在我有困難時會時不時幫我一把，當時的我真的很感謝他，但這跟那是兩回事。

我的些微自尊無法容忍在拿手的科目上落敗，而且是輸給與自己同類型的對手。

下次，一定要贏。

那或許是我有生以來，初次擁有的競爭意識。

於是到了上學期的期末考——我縮短了睡眠時間，比平常更用功。

好讓自己不丟掉任何一分，不算錯任何一個公式。

一切都是為了贏過伊理戶水斗。

就這樣——我拿到了班上最高的分數。

這也就表示，我贏過了伊理戶水斗。

我一邊受到老師的稱讚一邊收下考卷，然後悄悄偷看了一下伊理戶水斗的反應。

怎麼樣？是我贏了。在數學上我可不會輕易輸人。

我懷著這種心思望過去的視線——

——卻被他用心不在焉的側臉反彈了回來。

伊理戶同學似乎沒在聽老師對我的稱讚，只是不感興趣地望著窗外。

我感覺被潑了一桶冷水。

……我在自以為什麼啊？竟然只因為我們是同種類型，在班上同樣格格不入，就以為我們心靈相通。以為如同我把他放在心上，他的心裡同樣也有我。真要說起來，他根本連我擅長數學的事都不知道。明明就是這樣，那我到底在期待什麼……

我頓時覺得好空虛。

——結果搞了半天，根本只是我一頭熱。

後來到了暑假，我信步造訪圖書室。

然後在那裡，我與他「相遇」了。

——妳也喜歡推理小說？

我請伊理戶同學幫我拿書架上高處的書，他這樣問我時，其實我並沒有多驚訝。

我早就知道他總是坐在自己的座位看書，其中也包括推理小說——所以對我來說，這完全不是新聞。

所以，那個男的也許有所誤會，但是……

老天爺替我跟他牽線的陷阱，並不是他當時對我說的那句話。

他接下來低喃的，恐怕根本無意讓我聽見的喃喃自語，才是老天爺對我們設下的真正陷阱。

——……難怪數學考那麼好。

那句喃喃自語，刺進了我的胸口深處。

我不知道在他的心中，推理小說與數學是怎麼扯上關係的。

只不過是看到了一本書，不可能從中推測出我崇拜推理小說角色的前因後果。

即使如此，即使如此，我的耳朵卻確實捕捉到了。

捕捉到了——他的喃喃自語中，流露出的些許不甘心。

——啊啊。

不是我一頭熱。

他只是假裝不在乎……其實，一直有在注意我。

假裝鎮定，假裝沉著冷靜，其實比我更不服輸，而且還倔強得很——

……真是，這個男的，該不會是故意的吧。

是在若隱若現什麼啊。覺得不甘心就表現得更好懂一點啊。想掩飾的話就掩飾得更完美一點啊。為什麼要顯露出一絲真心話？

都怪你這樣做，害我誤會了。

害我誤以為——只有我眼中有你，而且也只有你眼中有我。

如果是故意的話，他就是個騙女人的臭傢伙；就算不是故意，那也是個天生就會騙女人的臭傢伙。

因為——

——他的那一句話，害得我落入了人生當中，僅此一次的初戀。

◆

緊繃的寂靜氛圍中，只響起自動鉛筆在筆記本上遊走的聲音。

為了讓人能夠更專心，自習室的每個座位都用隔板隔開。這個平常人數絕不算多的空間，只有到了這個時期每天總是座無虛席。

期中考就快到了。

說不定一般高中到了考試期間停止社團活動，學生只會輕鬆地想：「好耶～有時間可以去玩了～」但這所高中不一樣。

這是一所明星學校。

除了像我這樣出於「不想跟男朋友上同一所高中」這種蠢理由而入學的蠢蛋之外，所有人說穿了都是模範高材生。對他們來說段考是逐鹿中原的戰場，絕不是考試前夜臨時抱佛腳隨便考考就行了的東西。

我也一樣。

不……也許我比起其他任何人，都更想得到期中考榜首的寶座。

放學時間將近，其他學生開始陸續收拾書包準備回家。

就在我也打算告個段落，把自動鉛筆收進鉛筆盒時，背後有個聲音叫我：

「結女，一起回家吧——♪」

回頭一看，以曉月同學為首的班上三個朋友，拎著書包站在我眼前。

她們幾個平常幾乎不聊念書的事，但一到考試將近，留下來用功就成了常態。大家平常雖然假裝沒在用功，不過我們班上聚集的都是入學考成績名列前茅的強者，所以每個人本性都很認真。除了那個男的以外。

我迅速收拾好東西，跟曉月同學她們一起走出自習室。

我們走過走廊，換好鞋子，有說有笑地走出校門。在從早到晚只能用功的考試期間，放學回家的路程是少數的滋潤之一。話雖如此，大家都忙著用功，沒空看影片或ＳＮＳ（我更是直接封印手機），於是話題自然都繞著考試打轉。

「啊——我完全沒自信——要是考不及格怎麼辦？」

「伊理戶妹這次還是想拿第一名？」

「……既然要考，當然就要考最好嘍。」

我壓抑住一道電流般的緊張感，如此回答。

「真是帥呆了耶。小妹我只要能考過平均分就滿足啦。」

「格調低爆！既然要考，就該搶第一嘛～」

「不不不～榜首是伊理戶妹的指定座位啦～」

我一邊配合大家大聲說笑，一邊感覺到自己的表情變得僵硬。

對——榜首是我的指定座位。

因為伊理戶結女，是學級榜首的才女。

「…………………」

曉月同學似乎偷瞄了我一眼。

但她隨即啪地拍了一下手，像要改變氣氛。

「別說這個了，還是來想想考完後要幹嘛吧！這樣比較能提升幹勁吧～？」

「哦！說得好說得好——！」

「好耶，一起去哪裡玩吧～」

我應聲附和，以沉浸在愉快的氣氛中。

「我回來了——」

跟曉月同學她們告別，我走進自家大門，再次繃緊神經。

得趕快換上居家服，再開始用功才行……

我又想到也許先準備點咖啡會更好，於是走進客廳。

結果看到繼弟躺在沙發上看書。

……嗄？

我懷疑起自己的眼睛。

現在應該是考試期間吧……？這個男的，怎麼還一派輕鬆地在看書打混！我、我都在忍耐了……！

「……你不用念書沒關係嗎？」

我稍微壓低音量一問，水斗眼睛繼續看著書回答：

「大致上都念好了。再來只要在當天之前不要忘掉就好。」

念好了？考試念書有結束的時候嗎？

氣、氣死人了……！

這個男的從以前就是這樣。或許該說天資聰穎吧，這人準備考試從來不用花太多時間，

跟總是撥出一大堆時間用功的我屬於正好相反的類型。真討厭！

我盡可能酸溜溜地說：

「……你就是這樣才會輸給我。」

「妳有說什麼嗎？」

「沒有啊。」

繼續跟這男的講話會害我動力下降。

就在我決定晚點再準備咖啡，轉身就想走的時候……

「最近啊，有件事讓我很好奇。」

水斗突然這麼說，讓我瞇起了眼睛。

「……什麼事？是哪家的新書話題嗎？」

「學級榜首。」

水斗從沙發上坐起來，看著我壞心眼地笑笑。

「不知道這個位子坐起來感覺如何？」

……原來如此，是這麼回事啊。

我的視線與水斗的視線，產生了正面衝突。

「很遺憾，榜首寶座是我的指定座位。」

「那我就預定下個班機吧。」

我用鼻子哼了一聲，調離目光不去看他。

「……那你就試試看啊？不過我看你是白費力氣。」

這次我終於轉過身去，離開了客廳。

……真的，好大的膽子。

敢當著我的面下戰帖的人，你還是頭一個。

我把所有能用的時間都拿來用功。

早上起個大早在上學前用功。到了學校也利用休息時間，放學後則是到自習室或圖書室溫習功課。學校關門回家後，就縮回房間裡往書桌走。為了拒絕誘惑，我把書架上的所有書全放進紙箱裡，鎖進倉庫。

吃完晚飯洗完澡後繼續回到書桌前。等到睏得無法維持專注力，不得已才上床睡覺。就這樣過了好幾天。

「——結女！筷子！」

「……啊！」

聽到媽媽的聲音，我急忙重新握好差點弄掉的筷子。

大家正在吃晚飯。

看來我好像是邊吃飯邊打起瞌睡了——好險。我得重新打起精神才行。

峰秋叔叔露出關心的神情。

「……妳似乎把自己逼得很緊呢。用功雖然很重要，但要是太勉強自己導致考試時發揮不了實力就本末倒置了喔，結女。」

「不會，我沒事。我會斟酌自己的能耐。」

「那就好……」

我用笑容掩飾過去。

當然得勉強自己了。

我本來並不是拿學級榜首的料。但我還是說要考第一名，所以多多少少得勉強一下自己。這是不言自明的道理。

坐我對面的水斗，用難以一窺感情的眼神看著我。

吃過晚飯後我立刻就去洗澡，順便讓自己提提神。我用吹風機把頭髮隨便吹一吹，就穿上睡衣走出了更衣室。好，接下來是夜間溫習時段了。

我吞下呵欠，往樓梯走去。

就看到水斗坐在樓梯上堵我。

「妳好像很累嘛。」

他那心思不明的眼神，盯著我的眼睛瞧。

我現在連回話都嫌浪費體力。

我沒與水斗對上目光，想從坐在樓梯上的他身邊走過，就在那一瞬間……

水斗迅速站起來，擋住了我的去路。

「學級榜首的寶座，就這麼重要嗎？」

那雙眼睛從極近距離內注視著我，我卻無法瞪回去。

現在就連撐面子，或是與天敵較勁的力氣，我都得用在念書上……

「……重要啊……」

所以，我連找話搪塞都做不到。

縈繞胸中的焦慮與危機感，直接從我的嘴巴脫口而出：

「要不是曾經考上學級榜首，哪裡有現在的我……」

我改變了個性。

學會了社交能力。

即使如此，還是有限度在。

到頭來這些都不過是臨陣磨槍。一個天生懦弱、不善言詞又內向的人，不可能只因為多少改變一下意識，就忽然變成很會做人的處世高手。

所以，我需要附加價值。

需要就算有點笨拙，有點不善言詞別人也會接受，褒多於貶的附加價值。

優等生角色。

我需要這樣一個在明星學校，能夠發揮最大效果的附加價值。

「你當然不懂了……你這輩子從來不會在意別人的想法，不會在意旁人的事情……你這種孤芳自賞的人，哪裡會懂……」

可能是太累了，我似乎說出了一些不該說的話。

但是現在的我，連把體力用來後悔都嫌浪費。

我走過水斗的身邊，步上階梯。

我得……念書才行。

「……的確是這樣。」

背後似乎傳來了一聲細微的低喃。

然後，期中考的第一天終於來臨了。

「鉛筆盒收進書包裡——」

面對背面朝上的試卷，我反覆默背記住的答案。

第一天，第一堂課，現代國文。

我好歹也是個愛書人，這門科目對我來說並不難，甚至覺得算是拿手。但是——只有這個科目，有個異常難纏的對手。

我把注意力放在背後的座位上。

那裡坐著我的繼弟。

拿手科目是現國。

即使在全國模擬考一樣能擠進一百名以內——但那是國中時期沒怎麼念書的狀況，如今經過地獄般的入學考試準備，我想他隨便都能拿到十名以內。

這個男人的現國解答，精準到簡直好像猜透了出題者的心思——而且對象如果是段考不算廣的出題範圍，幾乎保證拿滿分。

想贏過這個男的拿到總分第一名，現國分數絕對不能被拉開。

連一分都不能丟失……

「——那麼，開始作答。」

老師一說話的同時，把紙翻面的多個聲音重疊在一起。

「……嗯嗯……！」

當天晚上，我用寫在試卷上的答案給自己算過分數，懊惱地皺起了臉孔。

第一天的科目，全都在九十分以上。

但是，現代國文只拿了九十四分——假如水斗拿了滿分，算起來我就落後了六分。

竟然會寫錯這麼簡單的漢字，丟掉足足兩分……！在基本平均九十分以上的戰爭中，多達六分的差距實在太大了……

……只不過，前提是那個男的拿到滿分。

「…………………」

我躡手躡腳，走出自己的房間。

然後謹慎地探頭偷看一樓的客廳。

水斗在沙發上看書。

換句話說……那個男人的房間，現在，沒人……

那個男的，說不定也有把答案抄在試卷上替自己算分數。只要能看到它，就能搞清楚他是不是真的拿了滿分……

……儘管有點罪惡感，但這應該不算太卑鄙吧？畢竟知不知道那個男人的分數，都不會影響到我的分數。

可是，假如被他抓到，那個壞心男一定會找我麻煩……所以就趁現在，偷偷確認一下好了。

我回到二樓後，靜靜打開水斗房間的門，轉開門把，把門關上才放手。

一打開電燈，大量書本到處亂放的房間就出現在眼前。

那個男的上學時使用的書包，就扔在床上。

我頻頻回頭，確定那個男的沒回來，才伸手去拿書包。

拉鍊一拉開，就看到了白色的紙張。

就是它。

幾張試卷被隨手塞在書包裡。果不其然，上面抄了答案。

我有些緊張地，把這些試卷抽出來。

……最重要的，是現國。我要看他是否真的拿了滿分……

我緊緊閉上眼睛，做好心理準備後，才睜開眼睛看看現國試卷。

把抄在上面的答案，與自己帶回來的答案做比對。

……正確到令人生氣。就連我寫錯的地方也都答對了，而且一點橡皮擦的痕跡都沒有。

就在沒有任何一題答錯的狀態下，進入了最後的大題目。

這是個足足占十分的問答題。這種刁鑽的考題一旦弄錯時間分配就會來不及寫完答案，當場丟掉一成的分數。

儘管可能沒拿到部分分數，但我基本上算是答對了。我不認為那個男的會沒時間作答，看來應該是滿分——我算是服氣了，看看試卷的左側……

「……咦？」

我以為是我看錯了。

——沒寫答案。

只有最後一題，沒寫答案。

是因為考得太好不用算分數所以沒抄下來……？不，不對，有用橡皮擦擦掉的痕跡。他是把寫好的答案擦掉了。為什麼……？

擦得很隨便，還能隱約看見文字寫什麼。我瞇起眼睛，看了筆跡的內容。

是正確答案。

他把正確答案擦掉了。

……以為寫錯了所以擦掉了？然後沒時間重新寫答案……？才怪！連我都答得出來的問

題，那傢伙不可能被搞混！

那麼……

他就是……

「…………故意……的…………？」

故意擦掉的。

故意把考題留白。

這種答案被不自然擦掉的痕跡，怎麼想都是這樣……

一回神我才發現，握住問卷的手在發抖。

感覺腦中逐漸充滿某種沸騰的物質。

——……重要啊……

要不是曾經考上學級榜首，哪裡有現在的我……

是因為……我說了……那種話？

「……嗚。嗚嗚嗚嗚……！嗚嗚嗚嗚嗚嗚……！」

我一點都不高興。

回過神來時，我已經粗魯地跑出房間，踩著重重的腳步聲衝下了樓梯。

我粗手粗腳地把客廳拉門整個拉開，坐在沙發上的那個男人嚇了一跳，轉頭看我。

「妳、妳幹嘛啊，吵什麼——」

「不要把我當笨蛋！」

我把緊緊捏住的問卷扔到他身上。

水斗接住看到是什麼東西，略微皺起眉頭。我從他的臉上，明確地看出了尷尬的反應。

「你是在禮讓我嗎……！你以為這樣我會高興嗎！別開玩笑了！還那麼不可一世地跟我挑釁！是想說正常作答的話我會輸給你嗎！少把人看扁了！」

「怎麼了怎麼了……怎麼這麼大聲？結女！」

我聽見應該在洗澡的媽媽這樣說，但我才不管。我邁著大步逼近坐在沙發上的水斗。

「自我犧牲很帥氣是吧！告訴你，一點都不帥！根本只是把我當笨蛋！只是在瞧不起我！我！我！從來就！沒有叫你這樣做——！」

「暫停！我不知道是怎麼回事，但是暫停——！」

我舉起右手想揍他一拳，結果有人從背後抓住我的手臂。

媽媽從背後架住了我。我拚命掙扎，但就是掙脫不開來。

「是怎麼啦！發生什麼事了！說給媽媽聽！水、水斗，這究竟是——」

「——……搞屁啊……」

「咦？」

水斗站起來了。

他把試卷一把捏爛，眼睛凶巴巴地瞪著我。

「妳不是不當榜首就會很困擾嗎……是妳自己這樣講的啊。所以我才會想說讓給妳啊！這有哪裡不對！」

「怎、怎麼回事——！連水斗都這樣！峰、峰秋——！你快來啊——！」

媽媽啪答啪答地一飛奔離開客廳，水斗立刻逼近過來抓住我的肩膀。

「我不當什麼榜首也完全無所謂！就像妳說的啊，因為我一點都不在乎別人對我的看法！所以我才會讓給妳啊！這有哪裡奇怪！我有說錯任何一件事嗎！」

「……嗚，嗚嗚嗚……！」

沒有。

他沒有說錯任何一件事。

這麼做利害關係就像拼圖一樣契合，是極其合理的判斷。

但是……

但是……

「……這樣很奇怪啊……」

我的視野扭曲了。

明明知道這樣很奸詐，在腦海與胸中狂暴翻騰的情緒卻不成言語，變成眼淚奪眶而出。

「這樣……一點都，不像伊理戶同學……」

不是那時流露出不甘心的心情——

那時透露出些許不服輸個性——

讓我以為我們心靈相通了的，那個伊理戶水斗。

「…………為什麼，是妳……」

水斗煩躁地把話說到一半，卻又吞了回去，大嘆了一口氣。

然後，用比平常粗魯好幾倍的腳步，從我身邊走過。

一句話都沒有。

只有背後傳來客廳門拉開的聲響，以及粗暴地步上階梯的聲響。

砰！我聽見二樓傳來用力甩上房門的聲響。

然後，我也盯著木材地板，走出了客廳。

「……結、結女？妳還好嗎……？」

「這是怎麼了……？真難得看你們吵架……」

媽媽與峰秋叔叔出聲關心我，但我連一個像樣的答案都回不出來。

我沉默地步上階梯，走進自己的房間。

然後，我就像斷了線一樣渾身虛脫，倒在了床上。

……事到如今，我還在期待什麼？

在我們鬧僵之後的那半年間，我不是已經徹底明白，什麼只有我跟他心靈相通、了解彼此，都只是一廂情願的妄想了嗎？

什麼只有這個男生，願意平等、坦誠而無所保留地面對我——會這樣以為才叫奇怪。

——到頭來，仍然只是我的一頭熱。

「…………算了，我才不在乎呢。」

這樣，競爭對手就少了一個。

就這樣。

沒別的意思了。

我應該高興才對。

保住榜首寶座。

否則，我將不再是我。

因為大家都認為，我本來就該如此。

考試第二天。

昨晚我就那樣睡著了，所以沒念到書。

但是，我之前做了不少準備。反而還因為好好補眠的關係，整個人精神百倍。

吃早餐時，我們一句話都沒說。

看到我與水斗平靜地把吐司往嘴裡送，媽媽與峰秋叔叔擔心地頻頻偷看我們，但畢竟昨天才剛吵過架，我實在沒那心情跟他裝好姊弟。

「……我吃飽了。」

我迅速收走早餐餐具，比平常提早往玄關走。

最大的勁敵自己退場了。

而且，今天有我拿手的數學。

只要發揮平常的實力，學級第一名應該是手到擒來——

我在玄關換上樂福鞋。

就在我正想說「我出門了」的時候，另一個聲音忽然岔了進來。

「——妳無權來評斷怎樣才像我。」

我的心跳漏了一拍。

回頭一看……

只見穿著制服的水斗，睡眼惺忪地瞅著我。

「同樣地——**也沒有人可以評斷怎樣才像妳**，不是嗎？」

他那不耐煩的聲調，讓我心跳漏了一拍。

感覺好像被他看透了。

好像我的內心，在他面前暴露無遺。

我一時之間，回答不出什麼有意義的話來。在這期間，水斗快步走了過來，在我身旁穿上了運動鞋。

水斗瞟了我一眼，同時伸手握住大門門把。

這時，我才終於注意到。

注意到水斗的眼睛底下，有著淡淡的黑眼圈。

「——就讓我來劃下句點吧，**繼妹**。讓妳難看的高中出道就此結束。」

水斗單方面地撂下狠話，就消失在大門外了。

剩下我一個人，搞不清楚他想表達什麼。

只有一件事，我可以很肯定地說：

「……**跟你說過是繼姊了，繼弟。**」

你沒權利決定我的作風。

老師把一大張紙貼到了公告欄上。

段考的成績排名，會公開前五十名。一個學級大約有兩百人，所以就是前二十五％。因此想要榜上有名並不難，公布成績的公告欄周圍擠滿了學生。

我就站在人潮的最前排。

因為我一來，人潮就主動讓路了。這證明**大家**都公認我應該是第一個確認名次的人。

既然最大的障礙水斗自己故意考差，榜首寶座幾乎確定是我的了。我替自己算分數，拿到了足以有自信的高分。再來只要沒犯連我自己都沒注意到的粗心錯誤就好——

張貼紙張的老師從公告欄前面讓開，名次終於公布了。

霎時間——周圍的學生們為之譁然。

而我，差點就高興地叫了出來。

因為「第一名」的旁邊，有我的名字。

……**但是，只有一半**。

在「第一名」旁邊的，**只是我的姓氏**。

「第一名　伊理戶水斗　７７７分」
「第二名　伊理戶結女　７７４分」

張貼出來的紙上，是這麼寫的。
不管我重看幾遍，都是一樣。
我……我，輸了？
在現國拉開的差距……被他用其他科目，反敗為勝了……？
「真假？」
「伊理戶家的兩個奪得冠亞軍喔……」
「競爭超激烈的，好猛。」
「伊理戶同學，這麼快就退居第二啊……」
旁人的言語，不可思議地沒傳進我的耳裡。
我沒聽他們說話，逕自尋找那個男人的蹤影。
我左顧右盼——發現一個悄悄遠離人群的背影……

「不、不好意思！借過！」

我撥開人群，追上若無其事地想走人的男人背影。

我抓住他的肩膀讓他轉過身來。

水斗的眼睛看見了我。

他的嘴唇，漸漸露出挖苦人的笑意。

「唷，這不是學級第二名小姐嗎？您好。」

只有這次，我懶得理他惹人厭的講話口氣。

我當著他裝傻的臉，說出滿心的疑問：

「為什麼，你……！讓了那麼多分之後想反敗為勝，應該得死命念書才對……而且還是考前開夜車……！這樣——」

「——妳是想說，這樣不像我嗎？」

見我閉上嘴巴，水斗更是挖苦般的笑了。

「一開始不就說了？我只是好奇。」

「……咦？」

「不過，我後悔了——學級榜首的寶座，坐起來還真不舒服。」

…………啊。

難道說。

這個男的……

「真羨慕妳——**看來第二名的位子，比較沒那麼大的壓力。**」

丟下這句話，背負著學級榜首頭銜的繼弟，就轉身背對我。

「我閃啦……妳如果又想要這個位子了，期末考就多加油吧，**優等生。**」

這「優等生」三個字帶有明確的諷刺與挖苦。

可是——這個名詞能用來酸我，就表示……

我的立場，已經不同了。

「——伊理戶同學，好可惜喔——！」

忽然有人從背後抓住我的肩膀，我驚訝地轉過身來。

「都考那麼高分了還拿不到榜首就沒辦法啦！是那個伊理戶同學太強了！」

個頭高挑並留著帥氣短髮的坂水麻希同學，說話的神情比我還懊惱。

「真的是人上有人耶。小妹我實在難以奉陪。」

剪鮑伯頭外加微駝背的金井奈須華，聲調像剛睡醒的貓似的說道。

「考第四十五名還有臉講！明明就比我前面！」

「啊，是這樣喔？我沒在看。謝謝妳告訴我。」

「啊——！真氣人，標準的京都人！」

奇……奇怪……？奇怪……？

看到班上同學一如往常地在我身邊打打鬧鬧，我腦袋一片混亂。

跟我想像的情況完全不一樣。

跟我害怕的狀況完全不一樣。

——我之前說……沒當上學級榜首，會怎麼樣？

根本什麼都沒改變嘛。

同學對我說話的語氣，還有表情……即使我不再是榜首，都沒有改變。

啊啊——啊啊，我懂了。

說了半天，其實是我。

最受到學級榜首這個頭銜（角色定位）束縛的……其實，是我。

——**也沒有人可以評斷怎樣才像妳**，不是嗎？

考試第二天早上，我看到他眼睛底下浮現出淡淡的黑眼圈……

那一定是……

為了那樣做。

為了這件事。

「……啊……」

我低下頭去，以手掩面。

身邊的大家急忙摸摸我的背。

「啊——不要哭嘛，伊理戶同學！」

「第二名也很厲害啊！嗯，不是，我說真的！」

不是的。

我不是在哭。

不是覺得不甘心。

原來——不是只有我這樣想。

不是我一頭熱。

……他為什麼會懂？

為什麼，能了解我的想法？

本來以為是我誤會了，以為是我在妄想。為何事到如今，事到如今，他又要這樣……！

——能夠做到這種事的，豈不是只有你一個？

除了你這個怪人，還有誰能像這樣，像這樣，活像超能力者一樣，了解我這個有溝通障礙、不善言詞，只是臨陣磨槍學了點社交能力的我？

你這樣對我，那——

——我如果沒有你，要怎麼樣才能活下去？

告訴我。

你要怎麼負責？

告訴我……

◆

期中考一結束，校內又恢復到原本的鬆弛氣氛。

放學後，在前往圖書室的半路上，水斗偷看了一下走在身邊的我。

「……妳幹嘛跟來？」

「又不會怎樣。考完了可以看書啦，我想借書。」

「……是喔，隨便。」

當然是騙他的。

其實……呃，我想道歉，正在找恰當的時機。

就是水斗考試故意放水，我單方面把他臭罵一頓那件事。事情看起來像是解決了，但其實我與水斗，都還沒講過半句對不起──所以我應該先道歉，這樣才顯得我比較有人品。

只要一起做事，遲早應該找得到機會。就只是這樣而已，我可沒有想待在他身邊。

「……哦！是伊理戶家那兩個耶。」

「咦？就是學級第一、二名？」

「哦──就是他們啊……」

自從考試成績張貼出來之後，我們只要走在一起，就會比以前更受到矚目。

我是習慣了，但水斗顯得非常不自在。活該。誰教你要搶走我的榜首寶座，乖乖接受報應吧（關於考輸他這件事，我還是很不甘心）。

到了圖書室，水斗指了指遠處的書架。

「推理類在那附近。」

「嗯哼……那麼那邊的角落呢？」

「那邊是輕小說。雖然主要都是懷舊作品，但還滿齊全的……終於有興趣了？」

「怎麼可能。輕小說又沒有推理類。」

「妳哪天被富士見Mystery文庫的粉絲殺掉別來找我。」

我前往推理類的書架，水斗與我各走各的，前往入口斜對面的輕小說書架。看來他最近進入了狂嗑輕小說的回合。

我從左上到右下依序瀏覽排在書架上的書背。哦——種類真的滿齊全的。早知道就早點過來了。

我找到沒看過的書名，一面拿起來一面從書架角落探出頭來，望向水斗前往的圖書室角落。

……假如我趁那男的選書時，從他身邊走過的同時小聲道歉呢？

反正那男的那天早上，也說完想說的話就把一頭霧水的我丟下走人，或許道歉也可以來點隨機殺人的風格。

也許是個好點子。好，就這麼辦。

我手裡拿著書，靠近水斗說是輕小說書區的書架。水斗應該就在這書架的後面。我如此心想，正要踏出一步時……

「——小心！」

「——嗚啊！」

書架後面傳來了小聲驚呼。

接著是一堆書本啪答啪答落地的聲響。

我聽見水斗小聲說：「抱歉。」

是水斗撞到誰了嗎？

不知怎地，我心裡騷動不安。

這是什麼狀況？

簡直好像我在很久以前，曾經看過**類似的場面**一樣——

我稍稍加快腳步，探頭偷窺書架的後面。

只見封面色彩鮮豔的文庫本掉了滿地。一個女生慌張地滿地撿書。

是個給人感覺不大顯眼的女生。

一瞬間，我以為是之前——在水族館約會之前沒多久跟水斗在一起的女生。但是，我立刻就發現認錯人了。

這個女生留著短鮑伯而不是髮辮，睡亂的頭髮似乎沒梳好，東翹西翹的。個頭也比當時的女生高出至少十五公分，曉月同學看了一定很羨慕。

最重要的是，我之所以一眼就看出她是別人，是因為她緊緊擁住的幾本文庫本，幾乎是埋在她的胸部裡。

……好、好大……

它把毛衣背心整個撐了起來，散發出壓倒性的存在感。曉月同學經常把我的胸部當成眼中釘，但是面對那種胸圍，我這點程度實在不敢自稱巨乳。F……？搞不好差不多有G……

就在我對真的只在輕小說封面才看得到的巨乳產生本能恐懼時，水斗撿起了一本掉在地上的文庫本。

「……啊！……」

女生發出畏怯般的細微聲音，抬眼偷看水斗一下，隨即低下頭去。

大概覺得難為情吧。哎，可以理解。畢竟自己的喜好被人知道，其實還蠻難為情的——

「——這個系列……」

女生驚訝地抬起頭來。

我也驚訝地望向水斗。

不帶任何企圖與心機。

只是用一種遇見同好的御宅族神情……

伊理戶水斗說道：

「妳也喜歡看？」

角川ハルキの

——就這樣，我目擊到了。

目擊到**老天爺的陷阱，對我以外的人**發動的瞬間。

♥前女友不會吃醋 「謝謝妳跟水斗做好朋友。」

朋友是什麼？

話說我劈頭就丟出了一個十足邊緣人味道的問題，而事實上，我的交友經驗的確近乎於零——我在念小學與國中的時候對於人際交流不感興趣，所以回想起來似乎只認識了一些人生最起碼必需的「熟人」。

即使是上了高中之後開始一起混的川波小暮，也比較偏向於同道中人、自己人或是受害者協會，儘管那傢伙自稱我的朋友，但我總覺得不是那種感覺。

那麼，朋友是什麼？

怎麼做才能變成朋友？

「啊，要開始談朋友的定義了嗎，水斗同學？這可以說是不才東頭伊佐奈我少數拿手的主題之一喔。」

抱膝坐在圖書室窗邊空調上的女生，東頭伊佐奈說道：

「問題就是在人際關係的色彩梯度當中，朋友的判定界線該劃在哪裡對吧？知道名字就

是朋友嗎？有講過話就是朋友嗎？交換過ＬＩＮＥ的ＩＤ就是朋友嗎——多麼令人興味盎然的主題啊！就讓我們吹毛求疵地深入討論一番吧！」

「我這輩子還是頭一次看到有人能為了這個主題這麼興奮呢，東頭。還有，『吹毛求疵』這樣用對嗎？」

「因為你想想嘛。根據朋友界線的設定位置，今天早上過來問我作業進度的值日同學搞不好也是我朋友了耶？」

「請妳立刻停止濫用朋友界線。」

「有交情的同學變成霸凌目標時也可以合理地說『我跟她才不是朋友』替自己開脫。太驚人了，真是革命性的發現！」

「像妳這種人絕對交不到朋友！」

就在我把連不懂朋友定義的我也能明確斷言的唯一事實告訴她之後，東頭把缺乏表情的臉放到了抱住的雙膝上。

「這樣講就矛盾了，水斗同學。你知道克里特人的悖論嗎？」

「知道啊。還有惡魔的證明與亨佩爾的烏鴉我也都知道。」

「噫咿咿，我的邏輯學知識全被搶先打槍了。」

「別以為妳能用來自輕小說的知識壓我。所以，自稱騙子的騙子怎麼了？」

「假如你說我沒朋友，那現在跟我這樣有說有笑的水斗同學是什麼？」

東頭傻傻地微微偏頭，看看身旁的我。

「我以為我一直在講這個話題啊。妳覺得對我而言的妳，以及對妳而言的我，到底是什麼？」

「我覺得我們是朋友喔？假如水斗同學變成霸凌對象，我一定會陪你一起被霸凌。」

「不會救我啊，真是個靠不住的傢伙。」

「您過獎了——」

看著表情肌不動而是左右輕晃身體的東頭，我心想：

這傢伙在我被霸凌時不會置身事外——反而願意跟我共患難，應該就是所謂的摯友吧。

——話說回來。

我想是時候解釋一下了。

這個突然登場跟我說說笑笑的女生，究竟是何方神聖？

好吧，其實事到如今也沒什麼好解釋的——就跟剛才，東頭她自己說過的一樣。

東頭伊佐奈，是我朋友。

只不過……

是我這輩子當中，最氣味相投的朋友。

我想我一輩子，都不可能遇到比她更好的朋友了。

好到我可以毫不遲疑地斷言，她一定也是這樣。

◆ 水斗 ◆

我本來就常跑圖書室，最近更是流連忘返。

上完一天課後我離開教室，想都沒想就自動走向圖書室。

放學後的圖書室總是沒人。

今天閱讀區還是一樣空無一人，只有戴眼鏡的圖書委員坐在櫃台裡安靜看書。沒人到考試期間的人滿為患簡直像一場幻覺。

話雖如此，只不過是從入口看起來沒人罷了。

我前往入口斜對面，被窗邊書架擋住形成死角的牆角。

圖書室的窗邊，安裝了與建物融為一體的空調設備——一個女生堂而皇之地，抱腿坐在那個好像架子一樣向室內突出的空調上。

那個女生把學校指定的樂福鞋放在地板上，脫下襪子揉成一團塞在裡面，光著腳。腳跟放在空調設備的邊角上，扭動著白皙的腳趾。穿裙子抱腿坐感覺內褲會走光，但她熟練得很，用腿巧妙地壓住了裙襬。

她像貓咪一樣駝背把下巴擱在自己的膝蓋上，出神地看著一本文庫本。《涼宮春日的消失》——角川Sneaker文庫版。

「嗨，東頭。今天是讀春日的日子啊。」

我一邊上前攀談，一邊輕輕靠坐在這個光腳體育坐的女生——東頭伊佐奈旁邊。空調設備不是用來給人坐的，我不太好意思像東頭一樣整個人坐上去。

「不是喔，水斗同學。今天是讀長門的日子。」

東頭一邊翻過一頁，一邊說道。

「我今天想被嬌小的眼鏡娘仰慕。《消失》的長門不管看幾遍都無敵可愛。我好想要這種女朋友。」

「自己戴眼鏡不就行了？」

「唉……真傷腦筋，水斗同學你真是一點都不懂。你這話就跟對一個想要女朋友的人說：『做個3Ｄ模型把自己變成美少女不就得了？』沒兩樣喔？」

「我倒覺得應該有不少人會就此滿足……」

「真是可悲可嘆。水斗同學你從來都沒想過嗎？想要一個努力又嬌小的戴眼鏡女朋友？

我開始懷疑你的人格了。」

「不准這樣就懷疑我。不想要戴眼鏡女友的人在妳心中都是心理病態嗎？」

「對。」

「是喔……」

似乎是這樣。

講到嬌小的眼鏡妹，我腦中會浮現出南同學的喬裝模式身影，但加上努力這個附帶條件，就換成了另一張臉。

……好吧，這樣的話，我如果說我從來沒想要過，就是在說謊了。看來我可以躲過心理病態判定了。

「是說水斗同學，你完全都不聊自己萌哪個角色呢。不用害羞沒關係啊？就告訴我一個人就好，說你的初戀對象是亞絲娜。」

「我沒有害羞，也從沒認真愛上過亞絲娜。」

「咦？那是御坂美琴了？原來如此，是那個方向啊……」

「幹嘛就這麼想讓輕小說角色當我的初戀啊！」

就只是個一般的真人啦！

我想事到如今不用我贅言，東頭伊佐奈是個輕小說讀者。

生。

以女生來說——稀不稀奇我不知道，但至少我不認識跟這傢伙一樣常看輕小說的其他女

她誇下海口說：「每月出版一百餘冊的輕小說當中我有看大約一成！」（學生的荷包一個月買十本書已經是極限了），與我這個天生濫讀派非常合得來。

戰鬥、戀愛喜劇、科幻與推理——輕小說這玩意可說是森羅萬象無所不包，因此即使跟我這種不專讀一個類型的人，她也還算聊得起來。

例如我跟她講起洛夫克拉夫特的作品時，她會回我「奈亞子」的話題；我講起太宰治的話題，她則會用「果青」回我。

完全不像某某人只能聊本格推理的話題。

儘管我與東頭在這圖書室認識才不過幾天，但一方面也因為我們都沒有其他興趣相投的閱讀同伴，如今已經變成了每天放學碰面一起看書，或是用手機天南地北閒扯淡的交情。

至於都已經這麼熟了，為什麼說話還要這麼客氣——

『因為要特地分辨講話必須客氣跟可以隨便的人，不是很複雜嗎？所以不管跟誰說話都客氣點不是比較輕鬆嗎？』

——她是這麼說的。

明明就沒那麼多說話對象可以把她搞亂，想不到還挺重視效率的。只是我聽了之後心想

「原來還有這招」，倒也沒好到哪去就是了。

我們在碰面時會先說幾句話，但我與東頭基本上，都會默默看書消磨時光。

更何況圖書室本來就禁止談話。就算待在角落也得自我克制。

偶爾看到令人驚奇的文章或插畫時會分享，不過基本上嘛，就只是兩個愛書人——應該說兩個阿宅坐在一起而已。

看著看著，學校關門時間就快到了。

「……啊，已經這麼晚了啊。」

東頭發出「嘿咻」一聲，繼續在窗邊空調上維持體育坐的坐姿，使勁往放在地板上的鞋襪伸出手。然而……

「……搆不到。真傷腦筋，要是我的胸部能再小一點就好了……」

「少愛現了。」

維持著體育坐坐姿的東頭胸部有一半被膝蓋壓扁，好吧，的確雄偉到可能會被自稱女性主義者的人士挑毛病。也許是沒別的東西能引以為傲吧，東頭常常喜歡炫耀自己的巨乳。

「水斗同學，請幫我穿鞋襪。」

「今天也來這套？」

「愛卿平身。」

「嘗到甜頭就這樣……」

東頭把光著的腳扭來扭去催我，我只好幫她穿上鞋襪。簡直跟照顧小小孩沒兩樣，但東頭似乎覺得像是讓管家伺候，過癮得很。

東頭踩上幾小時沒踩到的地板，說著：

「那麼，我們回家吧——」

「嗯。」

她走在我身邊，跟我一起離開圖書室。

我們放學的路線一半同路，所以都習慣一起走一段路。

我們一邊沿著走廊往鞋櫃區走，一邊繼續閒聊。

「我們為什麼天生就受遮單眼的巨乳美少女吸引呢？這恐怕是DNA的安全漏洞吧？」

「別擅自把我算進去。我才不會被遮單眼的巨乳美少女迷昏頭。」

「同學又在說笑了。」

「夠了。不要遮起一隻眼睛，妳這巨乳女。」

根據自我陳述似乎擁有驚異G罩杯的東頭，邊走邊用瀏海遮起一隻眼睛給我看。這女的拿自己的身材開起玩笑完全沒在猶豫。

就在我們像這樣閒聊些無聊小事，來到了鞋櫃區時……

「「……啊。」」

眼熟的二人組看到我們，叫了一聲。

是個一頭黑色長髮裝優等生的女生，與一個綁馬尾裝小動物的女生。

伊理戶結女與南曉月。

「這不是伊理戶同學嗎——！你正要回家～？」

南同學開朗地大叫，用輕盈的小碎步往我們靠近過來。

「在圖書室待到這麼晚啊？……咦，那邊那個女生是……？」

南同學視線一望過來，東頭立刻躲到了我背後。

「光、光明陣營……！是光明陣營啊，水斗同學……！」

簡直就像遇到天敵的松鼠還是什麼似的。體格明明不算嬌小（應該有一百六十公分以上），卻比南同學更像隻小動物。

我好歹也是陰暗陣營的一分子，不是不能體會她的心情。我放任她緊緊抓住我背後的制服，對南同學說：

「她叫東頭伊佐奈，最近跟她認識，很合得來。班級……記得是三班？」

「是、是的……一年三班……」

「總之就如妳看到的，她很怕生，麻煩謹慎判斷距離感。」

「……最近認識，很合得來？哦……」

南同學探頭想看我背後，東頭就繞到我的側面逃離她的視線。這種態度太沒禮貌了吧？

「真難得聽伊理戶同學這麼說耶？你們交情這麼好啊？」

「或許吧。」

「已經跟結女介紹過了？」

「還沒跟她——」

我眼睛往遠遠看著我們這邊的結女一看……

「…………哼～～～嗯…………」

結女當場瞇起了眼睛，讓飄逸的黑髮翻飛，轉身背對我們。

「……我們快走吧，曉月同學。校門要關了。」

「嗯，啊——也是！那麼伊理戶同學，明天見！」

南同學又搖頭晃腦地回到結女的身邊，兩人就一起離去了。

等她們的背影變小之後，東頭總算從我的背後探出臉來。

「……水斗同學，你跟那個高嶺之花系的美女認識嗎？」

「她是我妹。」

「你妹妹？」

「而且是繼妹。」

「繼妹！」

為什麼聽到繼妹的反應比較大啊。

「不得了了……主角……輕小說的主角就在這裡……」

「不得不說我也有想過同樣的事，無法反駁……」

如果我說她還是我前女友的話，不知會得到什麼反應。

東頭鼻子噴氣，整個人逼近過來。

「我有好多問題想請教你。即使是繼妹一樣是妹妹無誤，所以是不是又來了個兄控？」

「不要把扭曲的價值觀當常識強加在我身上。妹妹不等於兄控。」

「是這樣喔？」

「兄控只是傳說中的生物。維基百科也有寫。」

「是這樣嗎！」

丟下開始滑手機查資料的東頭，我換穿了鞋子。

「好像沒有寫耶！」

「因為附上了〔來源請求〕〔原創研究？〕〔哪裡？〕〔誰？〕的標籤所以被刪除了。」

「根本只是編輯者的妄想嘛！」

◆　結女　◆

繼弟交到了女性朋友。

好吧，是不會怎樣。感覺就只是：「喔，這樣啊。」但對我來說，卻是天翻地覆的一件大事。

因為，我說的可是他耶？

那個陰沉、酸言酸語、省話又愛講大道理，好像隨時對旁人張開防護罩的那個男人，居然能交到女性朋友？

不只如此……

——光、光明陣營……！是光明陣營啊，水斗同學……！

人家還直呼他的名字！

開玩笑的吧！就連我前前後後都花了大概一星期，才敢用曉月同學的名字叫她耶！……

就連我，直到最後，都沒敢直呼那個男人的名字……！

直到現在這一刻之前，我想都沒想過。

想都沒想過——會出現一個女生跟那男的當好朋友。

我心中的某個角落擅自以為，那傢伙這一生，一定不會再跟任何人深入發展關係——一輩子不再談戀愛……

「——真是夠了！」

我心裡一團亂，在自己的房間裡用力拍打了一下枕頭。

我在悶悶不樂什麼？我在不高興什麼？

這樣——簡直好像，我在吃醋似的。

就像我說了不該說的話跟他吵架——直接導致我們分手的時候一樣。

想起不愉快的回憶，我把整張臉埋進枕頭裡。

我再也……再也不想嘗受那種滋味了。

再這樣下去，我一定又會做出不該做的事。沒受夠教訓，學不乖。

我已經不是國中時期的我了。

那個為了一點小事糾結老半天，明明個性懦弱卻又莫名頑固，做出不該做的事把一切統統搞砸的綾井結女，已經不在了。

所以……

「——呼～！……哈啊——」

我把臉抬起來，做個深呼吸。

把這陣子好像理所當然地填滿胸中的過去那個自己宣洩出去，替換成現在這個細心粉飾過的自己。

頭腦冷靜下來，變得清晰多了。就像智慧手機騰出儲存空間時一樣運轉靈活，對剛才那種悶悶不樂的紛亂心情，像解開數學問題時那樣拿出了解答。

我不會嫉妒。

因為我已不再是那個男人的女友，只不過是他的繼姊罷了。

Q.E.D——證明完畢。

「……好。」

可與艾勒里．昆恩媲美的理論建構完畢，我從床上爬起來。

我脫掉制服換上了居家服，用手梳過弄亂的頭髮，視線望向桌上。考試結束解除了封印的小說，已經有好幾本堆在那裡。

我拿起了其中一本。

這是海外推理作品的譯本，作者名稱寫著S．S．范達因。

范達因的二十法則第三條——「故事中不能附加多餘戀愛成分，擾亂純屬知性的故事發展。」

◆ 水斗 ◆

「今天又要去圖書室？」

「……是啊。」

「喔，慢走。」

一放學結女就忽然找我說話，但只回了這麼一句，就跟南同學她們一起走出教室。

我一面目送她離去，一邊微微瞇起了眼睛。

這種……不協調感是怎麼回事？

該說是講話不再帶刺，還是變得淡然處事？

我剛剛跟那女的交談——怎麼完全沒有火氣？

「啊？怎麼啦伊理戶？一直盯著伊理戶同學的方向看——應該說是瞪。」

川波一瞬間面露賊笑，一探頭看見我的臉就收了回去。

問我怎麼了？不如去問那女的吧。

……好吧，管他的。畢竟說來說去，成為兄妹都已經兩個月了——大概是我跟那女的，都各自慢慢適應了吧。

「那我走了，川波。我要去圖書室一趟。」

「好。你最近好像天天去報到耶，圖書室有那麼好玩嗎？」

「跟你的房間一樣好玩。」

「別講得我房間好像是主題樂園一樣啦！」

若是當成以黑歷史為主題的遊樂園來看，其實也沒說錯。

我隨口應付掉川波，然後走在走習慣了的走廊上。

來到圖書室牆角的輕小說書架前，東頭伊佐奈果然已經坐在窗邊空調上。

「妳總是來得很早呢，東頭。」

「這是當然的嘍。畢竟我在教室待不下去嘛。」

「真是個可悲的傢伙。沒辦法，今天就再陪陪妳吧。」

「嘿嘿～♪」

東頭開心地左右輕輕搖擺身體。看來她表情文風不動，絕不是因為感情起伏平淡，只不過是表情肌缺乏鍛鍊罷了。

坐到東頭身邊後，我們望著眼前書架上排列的書背，一如平常地開始閒聊。

差不多從書本話題順暢進入近況報告時，我自然而然地想起了對結女產生的不協調感。

「……我那個繼妹啊，好像有點怪怪的。」

「你說昨天看到的那位女同學嗎？怎麼個怪法？」

「變得很冷淡——這樣說也不對。對我的態度反而比平常柔和多了……不知道為什麼，跟她說話不會再一肚子火。她不會在我說話時打岔，而且不管談任何事情都很順利。」

「我完全不懂這樣有什麼不好。」

「……妳說得對。」

應該說我忽然發現，我這樣好像在找她傾訴煩惱……我居然會找人傾訴煩惱，好像自從為了南同學的事找川波商量以來，就沒有過了？只是我不覺得這件事有那個事件來得重要。

「好吧老實說，找我傾訴人際關係的煩惱，我也只能隨聲附和就是了。」

「真對不起，我竟然這麼殘忍……」

「也沒必要講成這樣吧！」

東頭用肩膀用力撞我表達憤怒。我把她推開，東頭就整個人靠到我身上來。喂，不准耍廢。

「是說其實不用問我意見，直接問她不就行了嗎？為什麼不這麼做？」

「…………妳說得對。」

「老是這句話呢。難道說水斗同學其實意外地笨？」

「妳說什麼？把妳期中考的名次說來聽聽。」

「……我、我拿手的領域是學校不會評分的那種……啊嗚——！」

我一面用拇指猛鑽明星高中的劣等生的太陽穴，一面思索片刻。

……也是。東頭說得對，直接問她就行了。又不是找不到機會，令我作嘔的是，我跟那女的就住在同一個屋簷下。

我怎麼會沒想到要這麼做呢？

因為不想跟她講話？感情不好？

那樣的話更是可以乾脆不理她。何況那女的現在跟我相處的方式，比以前聰明多了。

照道理來講是這樣。照道理來講，這種不協調感大可以放著不管——

「……我覺得，你只要順從自己的正確心意就行了。」

眼眶泛淚的東頭，忽然輕聲說道：

「自己的正確心意？」

「啊，沒有啦，那個，我覺得你聽我的建議，也只會把事情弄得更複雜而已！對不起，請你忘了——」

「不，繼續說。我自己決定要不要聽妳的話，後果也會自負。」

我把手指從東頭的太陽穴上拿開，定睛盯著她的臉。東頭「啊嗚」呻吟一聲，目光游移了一會兒後，一邊頻頻偷瞄我一邊開口：

「……每個人心中，不是都有個標準嗎？就像希望世界能夠這樣，或是這樣做才對的標準。」

「是啊。」

「當這個標準受到威脅時，該怎麼說呢，我就會進入備戰態勢。就像地盤被人侵犯的動物……所以別人常常說我不識相——」

「識相……」

東頭講話有點文不對題，但聽到這個字眼的瞬間，我茅塞頓開。

「識相……對，就是識相。面對那女的，我一直要自己識相點。」

「水斗同學？」

「謝謝妳，東頭——很有參考價值。」

「還有……」我看著東頭的眼睛接著說：

「識相很重要，但是東頭，妳跟我相處時不用想那麼多沒關係。」

「嗚欸？」

「這叫適材適用。我當識相的一方比較快。」

再親密也要講分寸。

朋友之間或許多少需要察言觀色，但面對家人——面對那女的居然還叫自己識相點，真不像我的作風。

「……謝、謝謝你……」

東頭困惑地讓目光游移半天，輕聲細語地這麼說道。

◆ 結女 ◆

「妳弟弟該不會是交到女朋友了吧？」

午休時間。這是個六月難得的晴天，我們幾個就到中庭長椅坐著吃便當，這時總是一臉昏昏欲睡的奈須華同學若無其事地問我。

霎時間，我沒怎樣，麻希同學的筷子卻當場停了下來。麻希同學把她修長高挑的身子逼到奈須華同學身邊。

「咦，咦？什麼什麼！伊理戶弟弟有女朋友！一五一十說出來！」

「不要一直往我身上蹭啦……沒有啦，就我昨天看到他放學後跟女生一起回家。女生看起來是個乖乖牌，跟她弟弟感覺應該很合得來，所以在想是不是女朋友。」

「噢，妳說東頭同學啊。我有見過她喔？」

曉月同學一邊用吸管啾啾地吸從福利社買來的牛奶，一邊加入話題。

「他本人說是朋友，但實際上就不知道嘍。又不同班卻每天碰面，很可疑喔～」

「是什麼樣的女生？什麼樣的女生？可愛嗎？」

「感覺不大起眼，但我看很有潛力喔。還有胸部大得要死。」

「小妹我得說一句，南妹妳太愛看人家胸部了。」

「因為我很羨慕啊！我也想試試肩膀痠痛的滋味嘛！看，這肩膀多輕盈啊！」

曉月同學把肩膀大轉好幾圈，麻希同學拍手哈哈大笑。

一旁的奈須華同學停止吸吮營養補給果凍，眼睛看向了我。

「所以，實際上是怎樣？是女朋友嗎？」

但我繼續動筷子。

「誰知道？大概是吧？我不太清楚。」

「哦～」

奈須華同學顯得不感興趣，再次開始把果凍吸得啾啾有聲。

我自認為表現得很好。

換成不久之前的我早就做出可疑反應了——但現在的我，能夠冷靜地給出中立的答覆。

可以拿滿分。以剛認識的繼姊弟而論。

午休結束，下午的課上完，放學時間來臨。結果我沒加入任何一個社團，跟曉月同學一起踏上回家的路。

麻希同學是籃球社，奈須華同學則加入了競技歌牌社，因此大多不會一起回家。

麻希同學玩的社團還滿符合她給我的印象，但向來崇尚節約體能的奈須華同學加入社團讓我很意外。照她的說法是：「摸索以最小動作搶到歌牌的方法很合我的個性。」

反倒是曉月同學沒加入任何社團也讓我很意外。明明有很多體育社團搶著要她，她卻全都回絕了。

照她的說法是：「跟結女一起回家比較重要！」她雖然用誇大不實的客套話打馬虎眼，但我看她應該只是擅長運動，而沒有特別喜歡。

「我覺得結女啊，最近比較穩重一點了耶。」

曉月同學輕快地往前踏出一步，然後轉過頭來。

「感覺妳之前比較不苟言笑，但現在可以說比較從容吧。」

「會嗎？那或許是有點習慣新生活了吧。就如妳所知道的，之前真的很不容易。」

「啊——的確——」

曉月同學仰望覆蓋薄薄雲層、不陰不晴的天空，輕快地一直往前走。

「我比較喜歡現在的結女喔。」

「咦？」

「因為現在的妳，感覺有點像姊姊啊。我是獨生女，所以一直很想要個姊姊！」

……姊姊？我？

我不禁綻唇微笑……是嗎？我看起來像個姊姊嗎？

我好高興。就像實際感受到了自己的少許成長。

「謝謝妳，曉月同學。那個……有什麼事不用客氣，都可以跟我說喔？」

我被恭維得忍不住當了一下姊姊，只見曉月同學隨即展顏而笑。

「太棒了——！我最喜歡結女姊姊了——！」

「呀！」

她霍地撲了過來，我急忙接住她。

曉月同學雙腳浮空搖晃，不停地跟我磨蹭臉頰。

「嘿嘿——結女姊姊好香喔……♥」

「妳……客氣點！還是要客氣點啦！」

我把超乎想像地油門一踩到底的曉月同學拉開。結果曉月同學忍不住噴笑出來，我也被逗笑了。

啊啊……心情真暢快。

不用為了那男的煩惱半天想不開、生氣或是難為情，心情真爽快！

感覺總算走出了老天爺兩年前設下的陷阱。我自由了。今後那男的無論做什麼，我一定都能處之泰然。他活該！

我與曉月同學道別後，腳步輕盈地走向家門。

直到昨天，我跨進自家的門檻都還需要鼓足勇氣。但如今我再也不需要了。因為就算我跟那男的同住一個屋簷下，也不過就是普通的繼姊弟罷了。

家庭是用來放鬆的，不是讓人緊張的環境。

花了足足兩個月，我才終於明白到這點。首先做為一家人，就讓我拿東頭同學的事逗逗他吧。假如他們真的在交往，雖然我只是個繼姊，但還是很有興趣知道——

「我回來了。」

一個彷彿把我的夢中情人化做實體的男人，在玄關等我。

「……咦？」

做出造型的頭髮，與經過計算的穿搭。修長細瘦的身體，配上富有知性的眼鏡。

「…………咦，咦？」

正是我在某次約會中看過的，精心打扮了一番的伊理戶水斗。

「咦欸咦咦咦欸欸咦咦咦咦咦咦咦咦咦咦咦咦咦咦欸～～～～～～～？」

就在我的心靈追不上突然間得到幸福享受的視覺時，水斗（帥哥）把腳塞進鞋子裡，邁著大步往我走來。

不不不辦不到辦不到辦不到不要用那副模樣靠過來我真的會爆掉！

具備纖細優美五指的手伸了過來，使我渾身僵硬。

我的右手腕被抓住，一把拉了過去。我沒站穩往前踉蹌兩步，水斗的臉靠近過來。咦，怎麼回事？現在是什麼狀況？我要被怎樣了？他想幹嘛？這裡是玄關耶……！

一貼。

水斗的手指，輕輕放到了我的手腕上。

這個動作，對——就像在把脈。

……不，不只是像……

「人的脈搏，大約是一秒一次……現在的妳，脈搏明顯快了一倍。」

水斗一張嘴浮現冷笑，幾乎臉貼臉地說道：

「那麼繼妹，一般的繼兄弟姊妹，會只因為家人打扮得跟平常不同，就這樣心跳亂成一團嗎？」

「……啊……！」

這……跟我在母親節時，對付他的是同一招！

太、太大意了……！都怪我說什麼「又沒有規則說不隨意肌不予追究」……！

我急忙動腦，想想有什麼藉口替自己開脫。

「我……我只是有點嚇到而已啊！嚇到的時候心跳也會亂掉吧？」

「只是嚇到？哦……」

只說完這句話，水斗就隔著眼鏡定睛注視著我。

不知怎地，我無法別開目光。**啊啊啊啊啊睫毛好長嘴唇好薄鼻子好挺……！**

「……你……」

「你？」

「…………你好詐～～…………！」

我辦不到。

我只能掩面低下頭去。因為他真的太帥了啊。這跟什麼繼姊弟無關，我就喜歡這一型的嘛！

「……欸，從下次開始改變規則好不好？」

「改成怎樣？」

「『不隨意肌不予追究』。」

「好吧，不過從下次才算數。」

水斗疑心病重地重申一遍，然後與我拉開了距離。

「事情就是這樣了，老妹。我之所以這麼做不為別的，是因為我有話要對妳說。」

「……什麼話啦……」

我把臉扭向一邊以免看到他的臉，結果水斗一字一句鏗鏘有力地說道：

「現在的妳，讓我很不爽！」

「……嗄？」

我不由得轉回來看他，只見水斗顯得有些忿忿不平地雙臂抱胸。

「不知道在沉穩個什麼勁，還給我一副懂事明理的態度。我跟現在的妳講話一點都不生氣。妳也不再挖苦我或酸我，也不再沒事找我碴。每一件事都讓我很不爽！」

「什……什麼跟什麼……？」

怎麼覺得全部聽起來都是好事……？

水斗態度嚴正地伸出食指，指著腦袋亂成一團的我。

「妳心態上有任何變化，應該找我商量。」

我心裡怦咚跳了一下。

「因為我最近看到書上說，妹妹有事都應該靠哥哥。」

聽到他口氣不悅地丟出這句話，我實在沒辦法生氣，忍不住笑了出來。

「反正又是輕小說吧？就是有異常戀兄的妹妹登場的那種。」

「是啊。跟妳超像的。」

……喔，這樣啊。

現在的我，好像是妹妹。

而且——還是異常戀兄的那種。

「那就……怪不得我了。」

不可思議的是，我覺得可以接受。此刻不知為何，我覺得可以坦誠傾吐出內心懷抱的感情。

不過……

「……在那之前，我有個條件。」

「什麼？做妹妹的還這麼囂張。」

「你去換衣服。」

我把臉扭向一邊，將水斗現在的模樣趕出視野之外。

「…………你穿成這樣，我沒辦法靜下心說話…………」

「好了沒？」

「好了，進來吧。」

等水斗換好衣服後，我踏進了他的房間。

書架放不下的書到處擺得亂七八糟，整個房間就像染上了水斗的人生色彩。這也就是說，這男的長達十六年的時間都是在書堆裡度過。

然而──一本畫著華麗圖畫的書，映入我的視野……我沒聽過那本書。但是，東頭同學卻知道那本書是什麼。

我有種胸口被狠狠刺傷的感覺，但我再也不會忽視它了。

水斗坐在床邊。事到如今，我實在不想再坐到他身邊。所以我拉開書桌的椅子坐下。我沒面對床鋪，而是注視著不常打掃的桌面……晚點乾脆我來打掃好了。

「……我跟你說。」

我用這句話做開頭，然後猶豫了一瞬間後補上一句：

「……哥哥。」

「什麼事，老妹？」

現在我是妹妹，他是哥哥。

所以，像這樣傾訴煩惱或耍任性，都是天經地義。

「我——在嫉妒東頭同學。」

講話時沒有語塞，聲音自然而然地脫口而出。

「…………」

水斗默默地聽我說。

「我一直到最後，都是用姓氏叫你，那個女生卻這麼快就能叫你的名字……我一這麼想，就覺得難以釋懷。」

「…………」

「可是，我又覺得我沒資格嫉妒她……」

所以，我就作罷了。

結果，感覺變得好輕鬆，好爽快。

可是，我猜這樣，只會……

「……欸，我可以問個問題嗎？」

「什麼問題？」

「跟我講話不會火大，我也不再講話挖苦你或酸你——這樣的我，你有哪裡不滿意？」

「我哪知道……好吧，硬要說的話……」

音量壓低了一截的聲音，像水滴一樣滴落。

「……可能是不喜歡把那一切當作沒發生過吧。我是不清楚啦。」

喔……對。

你不像我……非常擅長把無形的事物化成言語。

我之所以變得輕鬆、爽快，換個說法就跟斷捨離一樣。

只不過是把寶貴事物整個丟棄之後，帶來的短暫快感。

我猜這種快感，一定……用不了多久，就會變成後悔。

而分享同一份事物的你，在那之前，先替我注意到了。

「我跟你說，哥哥？」

我半開玩笑地叫他，掩飾害臊的情緒，問道：

「就算沒在交往，只是普通的兄弟姊妹……還是可以嫉妒一下，沒關係吧？」

「不，我覺得妹妹嫉妒哥哥的女性朋友就只是正常嗯爛。」

「怎麼這樣！」

中途慘遭背叛讓我急忙轉向水斗，只見他臉上浮現溫柔的苦笑。

「別擔心。我早在兩年前，就知道妳很噁了。」

我張嘴想說話，但不知能說些什麼，結果還是閉上了嘴。

我把臉扭開，視線放回桌子的面板上，然後終於擠出了很小的聲音說：

「……哥哥你好噁。」

「哦。講到現在，這句話最有妹妹的樣子喔。」

◆ 水斗 ◆

在被灌輸了「妹妹就該把哥哥罵到臭頭」此一錯誤觀念的繼妹，拿出所有罵人的話削了我一頓之後，到了第二天。

放學後，我照常造訪圖書室，做為一個傾訴過煩惱的人，義務性地把事情始末報告了一番。

不過當然，我有巧妙掩飾我與結女過去的關係。

東頭一邊嗯嗯點頭一邊把事情聽完後說：

「……所以，這篇故事要投稿到哪個大賞？」

「這不是我自創的小說。」

「怎麼可能？」

東頭驚愕地遮住嘴巴。這傢伙表情平淡，動作也就格外誇張。

「戀兄繼妹……原來不只是傳說中的生物啊……」

「哎，畢竟就連維基百科都沒寫嘛……」

「總覺得好感動喔……祝你們一輩子幸福……」

「……謝了。」

被事情的起因這樣坦率地祝賀，還真有點沒勁。

「不過話說回來，她嫉妒我啊……人活在世上，還真是會碰到怪事呢……」

「不要講得好像碰上了科學無法解釋的現象一樣。那傢伙是把我看扁了，以為頂多只有她自己會理我，所以大概是妳突然出現把她嚇了一跳吧。有夠沒禮貌。」

「原來是這樣啊。要是水斗同學突然交到其他朋友，我也一定會吃醋的。」

嗯？說到這個，這傢伙好像還不知道有川波這號人物？

……算了，管他的。反正只是那傢伙自稱我朋友而已。

說到這個，那女的在我認識川波時也踢了我的椅子。當時她只是那樣就算了，但對東頭的反應會不會太大了？

她說在跟我交往的時候都是叫我的姓——這我不是不能體會，但她自己還不是讓南同學叫她的名字？真難理解……川波與東頭有哪裡不同了？

後來，我們一如平常地看書消磨時光後，配合校門關閉時間的最後廣播，兩人一起往校門走去。

在那裡，我們遇到了埋伏。

「啊，來了來了！結女妳看，他們來了！」

「…………」

正好就在校門口的位置，有兩個女生等著堵我們。

不用說，就是南曉月與伊理戶結女。

東頭就像碰到天敵的松鼠一樣渾身一抖，躲到我背後。

「嗨嗨～！伊理戶同學還有……記得是東頭同學？我們在等你們呢！」

看到南同學邊揮手邊走過來，我歪著頭說：

「等我們？這又是為什麼？」

「你問我，我問誰啊？放學後我們在附近玩，結女就說要來接你們。」

我隔著南同學的馬尾望向靠著校門柱子的結女，只見那傢伙才與我四目交接了一瞬間，就往這邊走過來。

結女晃動著黑色長髮走來，裝出親切可人的笑臉說話了。

——不是對我。

是對躲在我背後的東頭說話。

「很高興認識妳，東頭同學。」

結女一邊探頭往我背後看，一邊堅定有力地說：

「謝謝妳跟**水斗**做好朋友。我是他的繼姊伊理戶結女，請多指教喔。」

劈嘰一聲，我聽見空氣凍結般的聲響。

平時那種八面玲瓏的模樣蕩然無存，一種明顯的敵意般情緒，暗藏在親切可人的笑臉當中。

這女的，就這麼不爽人家叫我的方式嗎……！簡直是個地雷女的活範例！真想穿越時空到兩年前改變歷史！

就在我滿心戰慄到當場僵住時，南同學悄悄拿手機螢幕給我看。記事本App寫著以下這句話：

〈你這混帳幹了什麼好事。〉

我手指滑過螢幕寫下回應：

〈不告訴妳。〉

怒捅！智慧手機直接撞進我的肚子。這、這個瘋女人真的有打算跟我結婚嗎……！

當我們一來一往時，結女向東頭伸出了手，想跟她握手。誰會去握妳那隻手啊，誓將對方的手握爛的氣焰都爆出來了。

我與南同學之間竄過一陣緊張。

東頭一邊眼睛眨啊眨的，一邊充滿戒心地輪流看向伸過來的手與結女的臉。東頭本來就很少跟人來往，一定被她的敵意嚇死——

「啊，是，請多多指教。」

——就只是很正常地握了手。

我、南同學以及結女，都睜圓了眼睛。

東頭一臉不解，不安地交互看看氣氛變得怪異的我們。

「咦，啊，那個，我是不是做了什麼奇怪的事……？對、對不起對不起……！從以前就常有人說我不會察言觀色……！」

「……那個——東頭同學？可以問妳個不相關的問題嗎？」

南同學斟酌著用詞，詢問惶恐的東頭。

「對東頭同學來說，伊理戶同學是什麼樣的存在？」

「咦？就是興趣相投的朋友啊。」

聽到這個秒答，結女頭一個做出了反應。

「……啊……呃，哦——這樣啊……原來，如此……」

她目光游移著像是想找人幫忙，然後低頭看看握著的手羞紅了臉。

「呃，真、真不好意思！再請妳多多指教了！」

「咦，啊，好的……？」

她用雙手緊緊握住了微微偏頭的東頭的手。

……喔～我懂了。難怪她對東頭的反應那麼過度，原來是因為這樣啊。

就在我恍然大悟時，南同學笑嘻嘻地，對我投以非常欠揍的嘲笑。

「（根本完全沒譜嘛——笑死。）」

有什麼好笑的？到底是想追我還是對付我，說清楚好嗎？應該說照妳這種說法，變得好像我想追東頭似的。

「那、那個——水斗同學……可以解釋一下這是什麼狀況嗎……？我、我的交際力已經瀕臨極限了……」

「真沒辦法……」

「嗄，什麼！你要解釋？你……等一……！」

我指著臉色大變慌張失措的繼妹。

「那邊那個女的呢，東頭……她以為妳對我有意思。」

「哇～啊！——嗚咕！」

吵死了，閉嘴。我把書包按到了她臉上。

「我明明跟她解釋過妳只是朋友，但她竟然一丁點也不信。所以她剛才，是想跟妳主張我的所有權。藉由跟妳一樣，用名字叫我的方式。」

「伊理戶同學，你好狠……」

南同學顯得退避三舍，但東頭不是很了解我們的關係，當然得跟她解釋清楚了。

結女面紅耳赤地當場蹲下。哼，誰教妳想耍卑鄙手段故意讓她吃醋。只是似乎沒得逞。

東頭傻愣愣地左右偏頭，似乎在咀嚼我的話中含意。

「我，對水斗同學……？什麼……？」

「這、這怪不了我吧！誰教你們每天放學一起回家！一般不管是誰都會這麼想吧！」

「這點我也得幫她說話！誰都會這麼想！我也是這麼想的！」

看到南同學替結女護航，「唔唔。」東頭一副略顯苦惱的神情。

「水斗同學，這是我這輩子第二個想當男生的一刻。順便一提，第一名是月經來了的時

候。好想轉生成下體不會流血的身體……」

「……喂，妳們聽到她說什麼了嗎？妳們覺得有女生會跟喜歡的男生講這種話嗎？」

「…………………」

「…………………」

結女與南同學沉默地面面相覷，神情苦惱地沉思了半天後——兩人同時對東頭低頭道歉了。

「「對不起我們不應該亂懷疑妳。」」

「奇怪？明明被道歉了卻覺得距離感好像拉遠了。水、水斗同學！她們是不是覺得我很怪？是不是被我嚇到了？」

「對，我也被妳嚇到了。」

「嗚哇哇哇哇哇～～～！對不起嘛啊啊～～～！請不要拋棄我～～～！」

東頭哭著求我，我摸她的頭安慰她。東頭只有我這個朋友，所以其實還滿依賴我的。總覺得就像被大型犬親近似的，很療癒。

結女與南同學用困惑的眼神，看著摸頭哄人的我與被摸的東頭。

「……結女，人際關係這門學問真深奧呢。」

「……我覺得他們的這個有點太深奧了。」

◆ 結女 ◆

「水斗同學水斗同學，芙蘿拉與碧安卡你比較喜歡哪一個？」

「DQ5嗎？問題是我沒玩過這款遊戲……」

「我簡單說明一下。芙蘿拉沒跟主角結婚的話，會跟青梅竹馬的一個男生結婚。至於碧安卡，則是會在偏僻的鄉下一輩子單身。」

「……那就芙蘿拉。」

「為什麼啊！碧安卡有什麼不好！這女生超沉重的耶！」

「就是因為這女生超沉重我才不要啦！」

我走在後頭，望著邊走邊聊得很來的水斗與東頭同學。

東頭同學剛才的發言，的確是把對方當朋友而不是喜歡的男生。而且還是同性的朋友。

雖然換作是我就算是跟同性也不敢說那麼下流的話——但很像是我聽說過的女校學生作風。

假如東頭同學平常就是那副調調的話，水斗看起來對她沒有特別意識也就說得通了……

東頭同學整個人的氣質，有一點像國中時期的我，所以我還以為一定是那麼回事，沒想到她

居然是那種個性。

……不過話說回來……

「他們倆感情真的好好喔。實在不像是才剛認識幾天耶——」

走我旁邊的曉月同學，道出了我的心聲。

「那樣還叫別人不要懷疑根本強人所難吧？妳說對吧，結女？」

「是呀，真的……」

就算不是我也會懷疑。絕不是因為我對前男友抱持著放不下的獨占慾，不管是誰看到他們倆都會那樣想。

他們幾乎肩膀貼肩膀地走在一起，話題從未中斷，有時還開心地笑成一團。

就連我跟那男的還在交往的時候，好像都沒那麼親密過……

「真可惜。假如東頭同學有那個意思的話，我還想幫忙呢……」

「咦？幫忙？」

「因為東頭同學，看起來不是很沒魄力嗎？繼續這樣下去可能真的只能做朋友喔。再說……那樣對我似乎比較有好處？」

曉月同學邪惡地咧嘴一笑，看向我這邊。

「要是結女也願意幫忙的話就如虎添翼了！畢竟妳跟他好歹是兄弟姊妹嘛，攻略情報一定是要多少有多少吧？」

「……算是吧。」

我是覺得在這世上，沒人比我擁有更多伊理戶水斗的攻略情報了。

「但也要本人有那個意思吧？」

「就是啊——真可惜～我覺得他們真的很配呢……」

……很配。

我重新打量走在前面的雙人背影。

啊啊——我由衷心想：

假如這兩人變成了情侶，那會是多麼美好的一件事啊。

「啊，我要走另一條路了……」

來到斑馬線前面時，東頭同學停下了腳步。

「嗯。那就明天見了。」

「好的……啊，還有……」

東頭同學偷看我們一眼。但沒說什麼，只是一直扭扭捏捏的。

我們正偏頭不解時——水斗溫柔地拍了一下她的背。

「……呃，那個……」

被他那隻手推了出來，東頭同學對我們深深一鞠躬。

「……再、再見……！」

她稍微啞著嗓子說完，抬起頭來，安心地呼一口氣。

「我、我說出口了……」

「做得好。」

水斗聲音中帶著笑意這麼說完……

東頭同學回望他的那張臉……

「……嘿嘿♥」

靦腆地微微一笑。

那個至今表情沒有任何變化的東頭同學……

彷彿隱沒在夕陽之中——臉蛋染上淡淡的朱紅……

「……嗯？」

「……嗯嗯嗯？」

喂。

喂，現在這是……

「那麼，水斗同學也再見了！今天你推薦我的書，看完我再ＬＩＮＥ你喔！」

「好。我大概要到兩點左右才會睡覺。」

「收到！」

這時，紅綠燈正好變成綠燈，東頭同學就用輕盈的腳步越過了斑馬線。

等她的背影，消失在來來往往的車潮後方……

曉月同學用比平時低沉的語調悄聲說：

「……話是妳說的喔，結女。」

「咦？」

「結女妳說過，只要本人有那個意思就可以吧？」

「咦……！我、我又沒有答應妳——」

「伊理戶同學——！把東頭同學的ＩＤ給我——！」

「就說了我沒答應妳嘛啊啊啊啊！」

♥東頭伊佐奈不知何謂戀愛

我想各位一定知道，兩個人要成為情侶，有個堪稱必經之路的通過儀禮。

沒錯，就是告白。

以我跟那個男人的情況來說，這個儀禮的實行者是我。現在的我會覺得：其中一人竟然不用告白，豈不是很不公平？但那男的不可能做出什麼愛的告白，所以到頭來，恐怕除了由我來告白之外別無他法。

我的告白方式，是寫情書。

這當然是因為我沒勇氣當面告白，但寫情書的時機太差了。暑假期間雖然可以天天碰面，可是下學期一開始，這段關係可能就要宣告結束——我心急如焚，於是在暑假的倒數第二天深夜攤開了信紙。

寫出來的文章很明顯是出自深夜的獨特思維。而且我還累到直接睡著，所以沒做好最重要的準備。

就是心理準備。

講到情書的投遞方式，一般常例都是丟進學校鞋櫃。所以我在寫信時也是這麼打算。但是不愧是國中時期那個沒種又少根筋到出了名的我，一個只能說果不其然的結果等待著我。

到了要行動的那一刻，我退縮了。

我沒膽地想，還是再考慮一下好了。

想著想著……

——早安，綾井。

——早、早安……伊理戶同學……

結果當事人現身，就在我眼前換了鞋子。

我跟他一起前往平常見面的圖書室，一路上心裡急得要命。怎麼辦？明天再放好了？不行不行，明天已經開學了，錯過今天就再也沒有機會了……！

早知道就早點下定決心了——做這種假設毫無意義，反正像我這種膽小鬼總是非得被逼急了才能做好覺悟。所以回到現實，我一直要到最後的最後一刻，都快說再見各自回家的時候，才被迫這樣主動開口：

——伊、伊理戶同學……！這、這給你！……請你！……看……一下……

重新複習一遍，我之所以準備了情書這種落伍的玩意，是因為我沒有勇氣當面告白。

可是，現在這又是什麼狀況？

竟然讓人家當著我的面看一封完全是半夜發瘋寫出來的情書，到底要有哪種性癖好才會喜歡這樣？

在那個男人沉默讀信的期間，我腦中只有後悔。過度的自我厭惡讓我想吐，連肚子都痛了起來。在那段時間當中，我感覺所有內臟就快要一個不漏從全身上下所有孔洞中噴出來把我弄死。

最後，他看完了信。

相對於只是瞪著地板發抖的我，他用這句話做開頭：

——我想，妳應該是我這輩子認識的人當中，最要好的一個。

意外的開場白，讓我戰戰兢兢地抬起頭來。

——除了我爸之外，我只會跟妳每天說話。就連我爸也不像妳，會這樣每天在我身邊對我笑。

這時我心想，該不會真的……

不禁開始期待我心中的那個美好未來。

……但又隨即打消了這個念頭。

至今的人生，不知道期待了多少、多少、多少次，然後空歡喜一場。從來沒有一件事能進展順利，永遠只有失敗。我的所作所為，恐怕從來沒有一次留下過成果。

所以，我毫無根據地主動死心，認為這次也是一樣。

緊接著，伊理戶同學說道：

——謝謝妳願意喜歡像我這樣的人……我才要請妳多多指教。

咦。

咦？

咦！

我一時來不及理解。我以為是我聽錯了。等我反覆思考了好幾遍，確定不是我弄錯後，又開始瞎猜會不會是在作夢。

視線往上一看，我看到我喜歡的人，但是帶著我從未看過的表情。比任何時刻都要柔和，卻彷彿略帶羞赧，真誠地注視著我的眼睛。

該不會真的……我心裡重問一遍。

彷彿看穿了我的這種心思，伊理戶同學說出了決定性的一句話：

——請妳做我的女朋友，綾井。

於是，我哭了。

不是因為害怕，也不是難過。也不是看小說帶動了情緒。

那是……我人生當中第一次的喜極而泣。

——就這樣，在國二的夏天。

我竟然交到了一般所說的男朋友。

儘管事到如今，只能說是年輕的過錯。

◆

『我知道妳的祕密。如果不願意祕密曝光，妳必須於放學後獨自前往以下場所。』

隔天早上，我把這封近乎威脅信函的信丟進了東頭同學的鞋櫃。這是因為具有高度安全觀念的繼弟，不肯把東頭同學的ＬＩＮＥ　ＩＤ告訴我們。我覺得是正確的判斷。

到了放學後，我與曉月同學走進指定的家庭餐廳，點了飲料吧。到她家過夜的那次也是來這家店。

「真的沒問題嗎……」

我一邊把紅茶注入杯中，一邊轉頭瞄一眼店門口。

「安啦安啦。東頭同學一定會淚眼汪汪地過來的。」

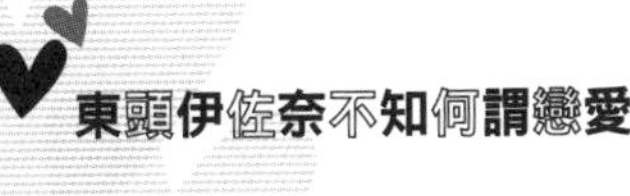

「所以我才在擔心啊。」

曉月同學一邊連聲說著「安啦安啦」，一邊按下了哈密瓜蘇打的按鈕。明明威脅了別人，怎麼還能這樣處之泰然？我有點懷疑曉月同學的為人。

我們用飲料吧耗了一段時間，終於等到了人。

一個留著短鮑伯的大胸部女生，彎腰駝背提心吊膽地，走進了店門口。看她在店裡四處張望，家庭餐廳店員上前招呼：

「一位嗎——？」

「啊……那個……呃……」

這時曉月同學迅速站起來，走向東頭同學，態度輕鬆地拍了她的肩膀一下。

「我們在等妳呢！這邊這邊！」

「嗚欸？」

困惑地猛眨眼睛的東頭同學，被曉月同學使勁拖了過來。

東頭同學一副不明就裡的表情，但一看到坐在四人座位的我，「啊！」叫了一聲。

「是戀兄繼妹……」

「妳用這種方式記得我讓我很不服氣耶！」

「是說原來妳忘記我是誰了嗎！」

「噫嗚……！對不起對不起……！」

我那場一生一次的諷刺式自我介紹竟然完全揮棒落空，使我無法掩飾受到的打擊。曉月同學也好不到哪去，畢竟她平常屬於人見人愛的類型，這次卻第二天就被人遺忘，這件事實似乎讓她很受傷。

好吧，從國中時期的經驗來推測，她大概是不敢看著對方的眼睛說話，所以根本沒看到我們的長相吧……

曉月同學讓東頭同學坐在我對面，然後帶著喝到一半的哈密瓜蘇打移動到我旁邊來。變成我們兩個人，與東頭同學一個人對峙。

「……請、請問這是……」

東頭同學一副嚇壞了的可憐模樣，頻頻窺視我們的臉色。這樣沒辦法好好談話，於是我盡量溫柔地打圓場：

「對不起喔，東頭同學。那封信只是曉月同學在亂開玩笑，妳別怕。」

「只……只是，亂開玩笑嗎……？所以不是要勒索我，或是要做什麼……？」

「不是啦！要不然我幫妳出飲料吧的錢好了！」

畢竟是我們單方面把她叫來，做這點小事反而是應該的。

「嗯唔。」曉月同學在我身邊噘起嘴巴。

「說我在亂開玩笑就不對嘍，結女。事實上，我與結女不是都心知肚明嗎？東頭同學藏著什麼樣的祕密……」

曉月同學別有用心地咧嘴邪笑，表情非常逼真。由於笑得實在太逼真，害得東頭同學開始簌簌發抖。哎喲，好了啦！

總之我想讓東頭同學喝點飲料鎮定下來，於是三個人一起走到飲料吧。

「東頭同學，妳知道飲料吧怎麼用嗎？」

「咦，啊，知道……我媽媽懶得煮晚飯時，我們都在家庭餐廳吃。」

……還真是位意外隨性的媽媽啊。我家媽媽很愛煮飯，所以我從沒有過那種機會。

回到座位上，東頭同學猛灌柳橙汁。看來她很渴。

等東頭同學把柳橙汁喝光後，曉月同學重新打開話題：

「東頭同學，妳猜我們知道妳的什麼祕密？」

「咦……？我的祕密嗎……？」

東頭同學顯得比剛才鎮定許多，傻呼呼地微微偏頭。

「我想想……啊，該不會是我從某種途徑獲得了色色本子的那件事吧……！」

「不是啦。妳這祕密好像男生喔。」

「不是喔……？那麼，我是覺得應該不是，但該不會是找到了我念國中時只測試發布了一下影片就立刻刪掉的虛擬主播頻道吧……！」

「誰會想到啊！誰知道妳有出道經歷啊！這項祕密的衝擊性才最大啦！」

「不、不是嗎！妳害我自己爆料了啦……！」

東頭同學面紅耳赤地趴到了桌上。雖然可愛但看了也有點尷尬。

曉月同學用一種死心般的語氣，對這樣的她說：

「我是說伊理戶同學啦。」

「唔欸？」

東頭同學把臉抬了起來。

「妳說……水斗同學嗎？」

「對！東頭同學，妳其實很喜歡伊理戶同學吧。」

「欸？哎，是啊。是很喜歡。」

「咦？」

她承認得太乾脆，讓曉月同學一時不知所措。

聽起來，雙方似乎有點雞同鴨講。我如此心想，於是對東頭同學說道：

「東頭同學……曉月同學所說的『喜歡』不是Like而是Love……妳懂嗎？」

「咦？Love……？Love Comedy的Love？」

這個女生，難道就只能用輕小說的類別名稱來記住這個英文單字嗎？

東頭同學一副丈二金剛摸不著頭腦的表情，腦袋左歪一下，右歪一下。

「我……喜歡……水斗同學？什麼——恕我直言，會不會是兩位誤會了……？」

「不是，有所誤會的是妳！結女，把那個拿出來！」

曉月同學「啪！」一聲彈響手指。我按照事前說好的拿出智慧手機，但露出不大樂意的表情。

「……真的要給她看？」

「不給她看那拍下來幹嘛？」

「…………是這樣沒錯啦。」

我操作手機，開啟曉月同學昨晚要我拍下帶來的一張照片。

為了拍到這張照片，當時我必須克服極大的風險。要輕易把這個成果示人，讓我心裡有點抵抗感。

可是，這也是不得已的。假如現在不拿給東頭同學看，這張照片，就會變成我是基於喜好而拍……

「到手了——！」

「啊！」

我還在磨磨蹭蹭的時候，曉月同學把手機從我手中一把抽走。好、好俐落的手法……！

「好了，東頭同學？看到這張照片妳還能嘴硬嗎？」

「呃……我不知道妳在說什麼，但我跟水斗同學只是朋友——」

「——登～登！為您呈獻伊理戶同學的睡臉照片——！」

「！！？？？」

手機螢幕一轉向她的瞬間，東頭同學像結冰了似的當場屏息僵住。

她目不轉睛地，注視著我手機螢幕上的水斗睡臉。這是我昨晚偷偷溜進他房間拍下的。

那個男的愛熬夜，害我費了一番工夫。

「……好……可……可……！」

「哇——伊理戶同學的睡臉超可愛一把的。是不是，東頭同學？」

「（點頭點頭點頭！）」

東頭同學一個勁地猛點頭。

看到她這樣，曉月同學面露得意的笑容，我當場瞇起了眼睛。

「——啊！」

大概是看到我們的反應，知道自己不打自招了吧。東頭同學用手遮住嘴巴，硬是別開目光不去看睡臉照。

「……我、我對這種東西，才不感興趣呢。水、水斗同學只是朋友！我、我絕對，沒有用那種邪惡的眼光看他……！」

「順便一提，這是影片截圖。」

「————！」

「原始影片連呼吸起伏都有錄到喔！……對吧，結女？」

「…………還不是曉月同學妳叫我這麼做的…………」

不是我喜歡這麼做！我只是聽命行事！

「只要妳老實承認，酣睡影片就送給妳喔～？只要邊聽邊睡，實質上就等於陪睡了喔～？」

「嗚嗚嗚嗚嗚……！唔唔唔唔唔唔唔……！」

東頭同學再次趴到桌上，彷彿身體內側遭到某人攻擊般開始發出呻吟。

…………邊聽邊睡實質上就等於陪睡。

啊！我在想什麼？那個影片等事情結束就要刪掉了！昨晚不是已經決定好了嗎！

「妳好固執喔。為什麼就是不肯承認？」

曉月同學低頭看著受折磨的東頭同學，輕嘆一口氣。

「遇到一個那麼合得來，對自己又很溫柔的男生，會喜歡上他不是很自然的事嗎？我們並沒有在怪妳喔？結女也是，雖然她是有點戀弟，但應該不會把話挑明了說『妳好大的膽子竟然敢勾引我弟』吧。」

「間接也不會說啦！況且我才沒有戀弟！」

「是是是。」

她隨口敷衍我。真令人無法接受！

這時，我聽見趴在桌上的東頭同學，發出細微的聲音：

「…………真的……嗎……？」

「咦？」

曉月同學一回問，東頭同學慢吞吞地坐了起來，一邊抬眼頻頻偷看我們，一邊怯怯地小聲說：

「……我……真的……喜歡，水斗同學嗎……？」

「嗄？」」

「噫嗚！」

東頭同學過度裝清純的發言使我們忍不住同時出聲威嚇，嚇得她像小動物般縮起身子。

看到她這樣，曉月同學差點沒翻白眼。

「咦……？看妳這反應，是來真的？妳說這話是認真的？」

「我、我為什麼要撒謊啊……我……是真的，不知道啊……！因為我活到現在，從來沒有過類似經驗……」

「呃呃呃！初戀？都幾歲了啊！」

「……嗚嗚嗚……」

東頭同學一邊抓亂有點長的瀏海一邊把臉遮住，低下頭去。

面對她這種過度純潔的反應，我變得坐立難安起來。

「……怎、怎麼辦，曉月同學？我背開始發癢了。」

「……真巧，結女。我現在也正受到同一種症狀所苦呢。」

初戀……啊啊，多麼令人懷念又厭惡的名詞……

而且還說「不知道到底喜不喜歡他」，可以饒了我嗎？感覺就像黑歷史被擺在眼前。我莫名其妙地想大叫，想一邊大吼大叫一邊狂奔。原來我以前也曾經是這麼可恥的生物？

「……這樣吧，比方說，妳想像看看。」

曉月同學用一種不情不願的態度說道。

「妳跟伊理戶同學聊得正開心，他忽然緊緊把妳抱住。」

「呀！」

「然後他在妳耳邊，用低沉的嗓音這樣呢喃——『……抱歉，我可以暫時不當妳的朋友嗎？』」

「嗚欸啊！」

「噫嗚嗚……！」

「妳還在驚慌失措時，伊理戶同學不容分說地將嘴唇——咦，怎麼連結女妳都趴到桌上了啊？」

沒、沒什麼，只是大腦做出錯誤反應罷了。都怪曉月同學模仿的聲音，跟那男的在那種時候的感覺太像了……！

「哎，總之……」

「啪嚓！」曉月同學用手機迅速拍下了東頭同學的臉。

然後將螢幕擺到東頭同學的眼前。

「都露出這種表情了，怎麼還能說不喜歡？」

我猜螢幕上應該有個女生滿臉通紅、兩眼濕潤，好不容易才抿緊差點露出微笑的嘴巴。

東頭同學一看到螢幕，立刻開始渾身抖個不停。

「……這……這是……我嗎……！」

「是啊。」

「根本是隻母狗嘛！」

「是啊，妳就是母狗。」

「嗚嗚嗚……」東頭同學為了另一個理由滿臉通紅，又把額頭貼到了家庭餐廳的桌上。

「還自稱是朋友接近他，結果原來是用這種發情母狗的眼光吃水斗同學的豆腐……淫魔……根本是淫魔的行徑……」

「要是這點程度就是淫魔的話，我覺得世界上的女生都是魔王或什麼了……」

我低調地打了個圓場，但她似乎沒聽見。好像正忙著處理有生以來初次有所自覺的戀愛感情。哇啊，真是酸甜的滋味。我開始想吐了。

「折騰了半天，總算可以進入正題啦。」

曉月同學說完，把差不多沒氣的哈密瓜蘇打喝光，「嗝——」還打了一個嗝。好沒品。

「正題……還有其他事要講嗎……？」

見東頭同學不安地抬起頭來，曉月同學親暱地對她笑笑。

「東頭同學！我跟結女來幫忙撮合妳跟伊理戶同學！」

「咦咦……！」

當著連連眨眼的東頭同學面前，曉月同學自信洋溢地挺起單薄的胸脯。她說——我跟結女？

「那個，曉月同學……現在講這個可能太晚了，但我還沒答應妳要幫忙……」

「咦——？可是要是有結女在，伊理戶同學的喜好什麼的就無所遁形了耶。東頭同學也覺得有結女這個幫手比較可靠，對吧——？」

「什、什麼……？那個，我……」

「不是我自誇，別人還滿常找我傾訴這方面的煩惱喔！儘管放一百二十個心吧！」

的確，曉月同學屬於經常提供那方面諮詢的類型——從她的言談當中，可以聽出她似乎也有過一段戀愛經驗。她偶爾會推掉我們的邀約，大家私下猜測，她一定是去找男朋友了。

「怎麼樣啊，東頭同學？有我還有結女，我想很難找到這麼堅強的陣營了吧？什麼伊理戶同學，一秒就撩到了啦，一秒！」

就說了，我還沒說要幫忙耶。

……可是，我也沒什麼理由拒絕。現在要是拒絕，就真的難以擺脫戀弟控的汙名了。

不，可是……

就在我腦中開始想東想西，一團亂的時候……

「……不，不用了。不用這樣幫我……」

東頭同學輕聲細語地，像是雨點滴落般的說道：

「我說我喜歡水斗同學這個朋友，也是真心話……只要能像目前這樣跟他聊天，我就很開心了……妳們想嘛，我這種人再怎麼逞能，大概也只會出醜吧！或者該說白費工夫嗎……

雖然很不好意思，要拒絕妳們的一片心意……」

聲音越講越小聲，整個人也越縮越小。

……這幅光景讓我感到似曾相識。

對自己沒自信，一口咬定自己做什麼都會失敗，拒絕採取任何行動。用「沒事不要自找麻煩」當成連理論武裝都算不上的藉口，試圖守住自己其實並不怎麼滿意的現況——

——對，簡直就像我已經丟開的，國中時期的那個自己。

「不要還沒挑戰就選擇逃避。」

一回神才發現，我用尖利的語氣對她說道。

東頭同學與曉月同學一臉驚訝地看我，但我阻止不了滿溢而出的話語。

「要放棄也得用盡全力再放棄。其實妳很想當吧？很想當那傢伙的女朋友吧？想做些普通朋友不能做的事情吧？」

我站起來，向前探身，把東頭同學的臉托起來說：

「只要成為他的女朋友，就做得到！可以每天手牽手上下學，說再見時還可以親嘴，睡前可以打電話聊一些有的沒有的事！還可以去約會，聖誕節會收到禮物，感冒時有他陪著妳照顧妳！怎麼樣！只要成為他的女朋友，這一切都會變成生活的一部分！」

看得出來，想像的光景在東頭同學的眼中打轉。

如果可以做那些事，不知道有多開心。

如果能變成那種關係，不知道有多幸福。

進行假設、預測、模擬，一而再再而三地確認自己的幸福所在……

「——這樣妳還是不改變初衷？還是覺得不做女朋友沒關係？」

她的眼眸搖曳了。

這已經足以做為回答。

但東頭同學低下頭去，緊緊捏住制服的裙子——

「…………我……想當…………！」

啞著嗓子，好不容易才擠出話語。

「我、我想跟他要甜蜜……希望聽他說喜歡我……！想跟水斗同學……做一些……普通朋友，不能做的事……！」

當東頭同學再次抬起頭來時……

她的眼中充滿的，已不再是放棄，而是某種堅強的戰意。

「要怎麼做，才能辦到……？我要怎麼做，才能成為水斗同學的女朋友？」

東頭同學站起來，向前探身，緊緊握住我的手，然後說：

「請教教我——老師！」

……奇怪？

我忽然恢復理智了。

剛才我一時衝動，煽動了她的情緒……

……但這樣對我來說，真的好嗎？

「好耶。」

曉月同學在我身邊，小聲地握拳叫好。

〈伊邪那美：水斗同學只把我當女生朋友。〉－20：14

一時衝動之下答應為東頭同學提供戀愛諮詢的當天晚上——我在自己的房間，看著命名為「伊理戶水斗攻略會議」的ＬＩＮＥ群組。

這是為了先替今後的事情套好招，我、曉月同學與東頭同學三個人建立的——但會議卻由東頭同學的吐苦水做了起頭。是說這個女生，怎麼好意思拿神祇的名字當個人名稱？

〈伊邪那美：現在告白絕對沒用。我好怕。〉－20：14

〈曉月☆：不會不會，沒問題的啦。反正說到男生，只要對方是女生就會另眼相看啦。尤其是東頭同學，身材一整個逆天（笑）。〉－20：15

〈伊邪那美：我只對自己的咪咪有自信！〉－20：16

〈曉月☆：羨慕死了。分我一點。〉－20：16

曉月同學傳了哈密瓜的貼圖。

〈伊邪那美：我的比較像西瓜。〉－20：17

〈Yume：怎麼會對胸部有這麼大的自我意識？怕生的個性都到哪去了？〉－20：17

〈伊邪那美：肩膀真的很痠。胸罩也買不到可愛的款式。〉－20：18

〈曉月☆：假自虐真炫耀巨乳——！不可原諒！！〉－20：18

曉月同學開始連發菜刀貼圖，我呵呵地笑出聲來。

事實上，東頭同學的胸部即使以女生的眼光一樣覺得很厲害。厲害到會讓人多看一眼。

有她那樣的女生待在身邊，真的能夠只當朋友嗎……？男生的話就更不用說了。

〈伊邪那美：不過，就連我的咪咪也攻不下水斗同學這個難敵。完全感覺不到他的視線。既安全又放心。〉－20：20

〈曉月☆：真的假的——？雖說伊理戶同學的確給人對女生不太有興趣的印象。結女老師，您在這方面的看法是？〉－20：21

〈Yume：不要叫我老師。〉－20：21

〈Yume：我覺得他只是很會裝，其實就很正常。〉—20：22

〈伊邪那美：老師，您有被水斗同學用色色的眼光看過嗎？〉—20：23

「啥！」

我猛然從床上坐了起來。

這個女生問這什麼問題啊！一般會這樣問嗎！問這種事！

這時候要是回答「有」，會不會影響她的心情……？

我一邊謹慎地斟酌用詞，一邊把心裡的疑問打成文字。

〈Yume：東頭同學，妳不會介意這種事嗎？像是吃醋或什麼的。〉—20：25

〈伊邪那美：我好像屬於不會吃醋的類型。〉—20：25

……真令人羨慕。

假如我也是她這種個性的話，跟那男的在一起也許會更輕鬆……

〈伊邪那美：老師，您有被水斗同學用色色的眼光看過嗎？〉—20：26

她複製貼上重問了一遍。到底是有多想知道？

我不免有點遲疑，不過是我先慫恿人家，不能裝聾作啞。

〈Yume：好吧，我洗完澡的時候有撞見過他。〉—20：27

〈伊邪那美：什麼東西會讓水斗同學性興奮？〉—20：27

〈Yume：問題真多！我哪裡會知道啊！〉－20：28

我想大概是耳朵吧。例如他想接吻的時候會輕咬我的耳朵。

〈曉月☆：光聽本人的證詞不夠清楚呢——先親眼看過再說吧。〉－20：29

〈伊邪那美：親眼？看過？〉－20：29

〈曉月☆：觀摩一下你們倆待在一起時的狀況。說不定有些地方東頭同學沒注意到，其實伊理戶同學有在特別注意妳。〉－20：30

〈Yume：以第一步來說或許不會出錯。〉－20：30

不得不承認我也有點好奇，他們倆平常都是怎麼相處的——不不，我這麼做純粹是為了東頭同學。

〈伊邪那美：假如水斗同學趁我不注意時盯著我的咪咪看怎麼辦？〉－20：31

〈Yume：我就不慌不忙地給他取個綽號叫歐派星人幫妳做牽制。〉－20：32

〈曉月☆：好主意！我也要跟進。〉－20：32

〈伊邪那美：那我也要這麼做。〉－20：33

〈曉月☆：不，東頭同學妳一旦這麼做大概就全完蛋了。〉－20：33

就這樣，我與曉月同學假裝成留下來用功的學生，潛入了放學後的圖書室。

曉月同學放下平常總是綁馬尾的頭髮，我則是綁成位置較低的雙馬尾髮型，並且戴上國中時期用過的眼鏡。

「好、好適、好適合妳喔～～！眼鏡妹結女超殺……殺到爆……」

曉月同學還莫名亢奮地不停幫我拍照，不過現在終於冷靜下來了。

真是，不過就是戴副眼鏡嘛，這麼誇張。怎麼可能只多個視力矯正器具就忽然變可愛或變帥？更別說想用智慧手機把那種模樣保存起來，抱歉這種心情我一點都不能體會。對，一點也不！

我們背對著水斗與東頭同學每次必坐的圖書室牆角，在閱覽區坐下。

然後把裝上支架的智慧手機放到桌上，開啟前鏡頭。螢幕上顯示出我們的肩膀，以及後方水斗與東頭同學的模樣。

這樣就可以親眼進行監視，而不需要用視線直接看著監視對象。不只如此，還可以放大。這是曉月同學想到的點子。

「……欸，曉月同學。可以問妳怎麼會知道這種跟蹤技巧嗎？」

「不可以——♪」

一種接觸到黑暗面的感覺使我決定不多問。曉月同學發出裝可愛的聲音會讓人毛毛的。

我把眼睛轉向手機影像。

相較於水斗只是淺坐在窗邊的空調設備上，東頭同學把鞋襪都脫了，光腳抱腿坐在上面。那樣不會被罵嗎？那應該不是給人坐的吧。

「（……東頭同學她啊，如果那樣做還沒自覺的話就太強了吧？）」

「（咦？妳指什麼？）」

曉月同學繼續跟我說悄悄話。

「（聽說對男生來說啊，看女生光腳會覺得有點性感喔。）」

「（……說得對。就是露腿的高階版吧。）」

「（不只如此，還是體育坐耶。用那種坐姿坐在那麼高的位置，內褲隨時走光都不奇怪。再加上用膝蓋把她那巨乳擠～扁……）」

「（噢，可能是在做支撐吧。看書的時候姿勢前傾，於是就會覺得胸部很重——）」

「（哦～是這樣子喔。我從來都不知道呢。）」

表情、眼神與聲調完全都不帶笑意。就這麼在意自己的身材啊……

……不過話說回來。

前鏡頭拍到的水斗與東頭同學，默默地正專心看書。但他們偶爾會把自己正在看的書指給身邊的人看，然後一起偷笑。

那副模樣，讓我想起過去的我與那個男人，該說是令人懷念，還是教人害羞呢……

既然會讓我聯想到正在交往的我們，所以理所當然地，他們之間的距離感完全不屬於一般的異性朋友。

距離近到肩膀互碰。

近到只要稍微探出身子就能親嘴。

就算不是那種關係，距離如此貼近也該多少意識到對方的存在。

可是……

情況卻不然。

「（伊理戶同學，真的都沒在看耶。那種距離內有那種咪咪居然不放在眼裡……）」

「（……我開始有點同情東頭同學了。）」

「（就連我都會看耶。就連我跟她說話時都會一直看著胸部耶。）」

「（我覺得妳是太愛看了。）」

不過，我覺得這是好事。

這樣會讓女生很放心，內向的東頭同學想必也是因為這樣才會那麼親近他，而且做為朋友，我覺得這樣真的很棒。

但是如今，東頭同學已經把那男的當成異性看待。

像這樣完全不受到他的注意——應該說感覺完全沒譜，讓人看了都心酸。

假如在交往之前，那男的就是那種感覺的話，我還敢告白嗎？

記得是因為我感覺得到他多少有把我當異性看，我這種膽小鬼才敢下定決心……

「（真的一點都沒把她當女生看嗎？）」

曉月同學一副難以接受的神情低聲說道；

「（興趣那麼合得來耶？而且湊近一看還滿可愛的，身材也很淫蕩不是嗎？我要是伊理戶同學的話絕對滿腦子都想著她。）」

「（不要說人家淫蕩啦……不過，說得也是……）」

就狀況而論，跟我那時候幾乎一樣。

類似的邂逅。

類似的興趣。

類似的地點。

那麼我能跟那男的交往，東頭同學卻只能做朋友就是不合理。

……他一定只是在隱藏心思。

只是因為跟我交往過而練出了撲克臉，露餡一定只是遲早的事。

我們不願意錯過那一刻，於是繼續監視——

走去……

——然後過了幾十分鐘，事件發生了。

水斗啪一聲合起書本站起來。大概是看完了吧。可能是想找下一本書，他往眼前的書架

「（啊！）」

曉月同學低呼一聲。

「（怎麼了？）」

「（那個，那個！東頭同學的裙子……！）」

「（咦？——啊！）」

被曉月同學一說，我才終於注意到。

東頭同學光腳抱腿，坐在像架子般往外突出的窗邊空調上——就只有在這一刻，她的腿往左右張開了一點。

看見了。

淡藍色的內褲，全看光了。

我急忙想用ＬＩＮＥ警告她，但太遲了。

水斗從書架上拿了一本新的文庫本，轉過身來。

於是，他當然正眼瞧見了東頭同學。

於是，疏於防護的那一小塊布當然映入了他的視野。

——我清楚目擊到，水斗的視線滑向了該處。

果、果然！

不管假裝得有多坐懷不亂，那個不起眼女生愛好者怎麼可能錯過東頭同學這個極品獵物呢——

「喂，東頭。內褲露出來了喔。」

水斗指著東頭同學的胯下，表情紋風不動地對她說道。

「「（……嗄？）」」

我們都無言了。

一時之間，我無法理解發生了什麼事。

東頭同學似乎也跟我一樣，「……唔欸？」呆呆地叫了一聲抬起頭來，慢慢把視線移動到水斗手指的方向——

「——～～～唔！！」

她的臉漲紅得像一團火球，急忙變成W型坐姿把裙子按住。

東頭同學視線落在緊緊握住裙子的手上，顫抖著聲音低喃：

「……你、你看見了……嗎……？」

「嗯？所以我才會提醒妳啊。」

水斗愣愣地偏頭說道。

這男的是鐵石心腸嗎？

「謝……謝謝你……」

東頭同學面紅耳赤，好不容易才說出這句話，接著說：「我去一下洗手間……」然後穿上了鞋子。

我與曉月同學互相對看點個頭，然後前往離圖書室最近的女廁。

東頭同學在那裡與我們會合，開口第一句話就問：

「……妳們覺得，他有把我當女生看嗎？」

「「完全沒有。」」

我敢確定。

伊理戶水斗只把東頭伊佐奈當成氣味相投的朋友。

事實如此，毫無誤解的餘地。

……為什麼會這樣？

狀況明明跟那時候是如此的吻合。

「啊哈，啊哈哈哈哈……我想也是……像我這種陰沉宅女，怎麼可能會有人把我當女生看嘛……啊哈哈哈哈，啊哈哈哈哈哈哈……」

「保持理智！的確現在光看就一副沒譜的樣子，但談放棄還太早了！」

「沒……譜……」

「曉月同學妳在落井下石！妳這是落井下石！」

「啊……！」

東頭同學雙腳一軟開始站不穩，我們倆急忙扶住她的肩膀。

東頭同學嘴裡持續發出「呵呵呵呵呵呵呵」的笑聲，充滿了好像光是聽到就會被詛咒的不祥氛圍。

看她受到這麼大的打擊……她是真的很喜歡水斗呢。

「……欸，東頭同學。」

看到她的雙腳恢復了力氣，我怯怯地問道：

「如同剛才已經得到證明，那個男人神經真的很大條……妳究竟看上他哪一點？」

「對耶，這個還沒問過！我也想知道！」

「咦……問我哪裡，我也不知該怎麼回答……」

東頭同學方寸大亂地眼睛到處游移，然後輕聲說：

「……大概是，聲音吧？」

「「聲音？」」

「水斗同學基本上比較冷淡，但偶爾會很溫柔地關心我，每次聽到他那種比平常稍微柔和一點的嗓音，該怎麼說呢，就會讓我整個人輕飄飄的，很想尖叫……嘿嘿……♥」

看到東頭同學害羞地染紅臉頰卻又幸福地靦腆微笑的模樣，我與曉月同學的身體都往後仰倒。

「好、好刺眼……！」

「初戀……！初戀的燦爛光輝快要把我燒死了啦，結女……！」

純情到這種地步，對於經歷過戀愛黑暗面的我來說毒性太重了！最糟的是我還很能感同身受！我懂！那傢伙偶爾說話就是會很溫柔！

「這下只能快把東頭同學跟伊理戶同學湊一對，非要讓她知道交男朋友不是只有好事呢。快點變得能跟我們一起抱怨吧！」

「呃，是。我會加油？」

「這種事不該加油啦！繼續對戀愛懷抱美夢沒關係！」

妳不可以來我們這邊！

「好吧，不管怎麼說，總之得先讓伊理戶同學知道她是個女孩子才行。不是，我實在沒想到這世上竟然有男生能光明正大地提醒女生內褲走光耶——」

「真對不起，不知該怎麼說我那弟弟……」

「伊理戶同學，意外地還滿習慣跟女生相處呢。是不是跟結女在一起鍛鍊出來的？」

我心頭一驚。

不，她的意思是說我們住在一起，應該不是在說我們以前交往時的事情。

我模稜兩可地點了點頭。

「或……或許是吧。」

「這下只能用身體接觸來進攻了。」

曉月同學露出邪惡的笑臉。

東頭同學連連後退幾步。

「什、什麼叫身體接觸……？」

「少來了～還裝清純。當然是叫妳用上妳引以為傲的這玩意啊！」

「呀啊！」

只見曉月同學迅速伸手過去，攫住東頭同學的胸部用力地又搓又揉。嗚哇啊，手指都陷進去了……

「把妳這兩團脂肪不動聲色地貼上去啦！這樣管他有沒有把妳當女生都沒差啦！」

「別這樣……不要！……」

「……哦。哦哦？哦哦哦哦——……乖乖不得了……」

「噫咿！手、手的動作好下流——嗯！」

「曉月同學快住手！再繼續下去就十八禁了！」

我從背後架住曉月同學把她拉開。

曉月同學一副呆愣的神情，已經放開胸部的手開開合合地抓著空氣。

「結、結女……咪咪……原來是這麼柔軟……會把手推回來……能揉捏變形的東西啊……奇怪了……？那我胸前的這兩塊東西，到底是什麼……？」

「不可以想太多，會減壽的。」

東頭同學上氣不接下氣地用手臂遮住胸部，嬌弱無力地靠到洗臉台上。

「居、居然要我不動聲色地貼上去……那、那樣，豈不是賤人一個……」

「在撩男的女人全都是賤人啦。」

「敵人！妳在量產敵人！」

我急忙東張西望。剛才那句話，沒有被任何人聽見吧！

「說是貼上去，其實只要擦到就夠了。」

沒理會我的擔心，曉月同學伸出手指，在差一點就要碰到東頭同學胸部的位置停住，然後故意吊人胃口似的轉圈圈。

「咦？剛才有碰到嗎？是我多心嗎？像這樣就叫剛剛好！要是太刻意地貼上去只會把人家嚇跑的！」

「曉月同學……妳這專業知識是從哪裡學來的？」

「跟我自己學的！假如有女生這樣對我會讓我超興奮！誰教小妹身為女生，卻與雙胸的柔軟毫無緣分！」

還是別再往這地雷一腳踩下去了吧。

曉月同學緊緊握拳朝天。

「總之，重量不重質！只要慢慢來多重複幾遍，伊理戶同學的心中應該就會累積起這份記憶！因為世上沒有一個男生會忘記摸過咪咪的記憶！只是有些傢伙連摸到了都沒發現就是了！」

「至少別自己踩自己的地雷啦！」

枉費我一番心意！妳這樣我就沒轍了！

「——啊。」

忽然間曉月同學拿出了智慧手機，看著螢幕板起臉孔。

「哎呀糟糕，已經被察覺到啦。」

「怎麼了？」

「有個偏激派的偷窺狂啦。我得先引開他的注意——」

曉月同學歉疚地雙手合十，向不解的我與東頭同學說：

「那就這樣了，今天就到這裡！詳細作戰我們再ＬＩＮＥ！」

我們沉默地目送曉月同學衝出洗手間。

……偏激派的偷窺狂？

「水……」

「水？」

放學後的圖書室，在伊理戶水斗的身邊，東頭同學變得像一隻怕生的蟬。（註：水斗名字第一個字的日文發音與蟬聲相似）

到了另一天，我與曉月同學，再次用智慧手機的前鏡頭偷看兩人的狀況。

今天來此不為別的，就只為了觀望日前曉月同學提議的咪咪接觸作戰——我發誓我不是命名者——的首日情形。

我們緊張萬分地旁觀，只見東頭同學鬼鬼祟祟地四處張望之後，似乎下定了決心，拖著身體靠到了水斗身上。

「水……水斗同學。你看這裡，這裡。」

說著，東頭同學把手上的書拿給水斗看。「哪裡？」水斗毫無戒心地湊過去看，但這正是曉月同學傳授給她的陷阱。

一擠……

東頭同學僵硬笨拙地，讓胸部碰到把肩膀靠過來的水斗上臂。

「（……她、她真的做了……！）」

我睜大了眼睛。厲害，我必須承認她真厲害。那種事我可做不來，最多只敢圍著浴巾故意秀給他看。好吧，一樣是女色狼無誤。

曉月同學「咿嘻嘻」地竊笑。

「（東頭同學好努力喔。老實說，我還以為她很快就會龜縮著說『我不想改變現在的關係……』什麼的。）

「（明明是曉月同學妳慫恿她的……）」

「（本來是打算她一龜縮就要再慫恿一遍的，看來是不用擔心了。）」

的確他們感情那麼好，就算怕關係生變也不奇怪。但自從被我慫恿以來，東頭同學儘管

顯得缺乏自信，但再也沒表現出擔心被甩之後連朋友都做不成的恐懼。

不像我就連交出情書之後都從頭怕到尾，也許她意外地屬於有膽量的類型。

「——東頭。」

水斗聲調鎮定地叫她，讓東頭同學肩膀抖了一下。

「妳胸部貼到我了。」

雖說上次的經驗使我不再大驚小怪，但我還是要說，這男的是鐵石心腸嗎？怎麼能這麼光明正大地提醒她？都不會純情害羞嗎？

「（拜託一定要照劇本來……！）」

曉月同學祈求著說。我們早就料到會有這種狀況，事先教過東頭同學適當的應對法。

這個情況下的正確答案，就是——

「啊！……對、對不起！……」

這個！然後來個臉紅！

曉月同學聽了我的提議，做出的評價是：「我跟那種女人當不了朋友，但如果是東頭同學的話似乎反而不錯。」我們已經是朋友了吧？

我們對東頭同學卯足全力的臉紅反應寄予期待，緊盯著接下來的發展。

東頭同學迅速從他身邊跳開，微微低頭，抬眼看著水斗。

「「（哦哦……！）」」

完美的反應！再來只差羞怯地道歉——

「我……」

東頭同學說：

「……我故意貼到的。」

「嗄啊？」

「「（嗄啊？）」」

水斗跟我們做出了同樣的反應。東頭同學妳在胡說什麼啊？

「我是想跟意外屬於貧乳派的水斗同學，傳教一下巨乳的美好啊！來來，盡情感受這份母愛吧！」

「等……住手啊——！」

東頭同學沉甸甸～地壓到水斗的背上。巨乳軟綿綿～地被按在水斗的肩胛骨上，但怎麼看都只是朋友之間鬧著玩——

可是……

「（東頭同學這人真是……）」

曉月同學一臉傻眼。這也怪不得她，因為——

在背後水斗絕對看不見的位置。

東頭同學變得淚眼汪汪，滿臉通紅。

「「（讓他看這個啦。）」」

「完全被妳溜掉了呢，用朋友的調調。」

東頭同學又一次被我們叫去離圖書室最近的女廁，在我們面前垂頭喪氣。

「我辦不到啦……怎麼可能突然做出那種女孩子氣的可愛舉止……」

「不變成可愛女生是要怎麼交男朋友啦——！」

「好、好啦好啦。我也能體會東頭同學的心情……該怎麼說呢？妳想嘛，就是會覺得不被對方當成女生看待比較輕鬆。」

「對，對對對！就是這樣！這樣比較輕鬆！」

東頭同學不住點頭。

我以前也是這樣。覺得被當成女生看待很麻煩，所以對穿著打扮什麼的都沒興趣。以東頭同學來說，她常開自己胸部的玩笑，讓我隱約看出她個人的處事策略。

「好吧，我也不是不能體會這種心情啦。可是這樣一直選擇逃避，想讓那個伊理戶同學

多看妳一眼可是難上加難喔？至少也得拋開剛才那種朋友調調吧……」

「……可是，我跟水斗同學就是朋友啊。」

東頭同學講得小聲，但帶有強烈的抗拒味道。

「我是喜歡他，但我們就是朋友啊。喜歡上朋友有錯嗎？一旦喜歡了，就不能再做朋友了嗎……？」

東頭同學略低著頭，但眼神堅定地盯著曉月同學的眼睛，越說越激動——她在強調自己決不肯退讓的那條線。

雖然想當男女朋友，但並不想結束朋友關係。她這番說法也許會被當成任性，卻伴隨著直逼胸口的真摯。

在我們與東頭同學之間，也許有著決定性的觀念落差。

東頭同學只是希望能跟水斗變得更親密才會想當情侶，並非想追求不同於現在的關係。對她來說，情侶只不過是朋友的進一步發展。

所以東頭同學，並不會因為想當他的女朋友，就犧牲掉友誼。

可是，我跟曉月同學不一樣。

我們認為情侶是更特殊的關係。不同於朋友要交幾個都行，我們認為情侶是更特別、應該另當別論、別有價值的關係……

「……這樣啊。原來如此……嗯，我明白了。」
曉月同學像是了然於胸似的連連點頭，然後露出了試圖和解的微笑。
「對不起啦，東頭同學。我不會再叫妳改變態度了——我想東頭同學，還是維持自然最好。」
「這、這樣啊……太好了……」
東頭鬆了口氣。大概是不習慣主張自己的想法吧。
曉月同學保持著親切可人的微笑說：
「不過，妳的缺乏自信就是個問題了。」
「咦？」
「剛才妳說不被當成女生看待比較輕鬆對吧？在我看來，那是因為妳對身為女生的自己缺乏自信吧？我不會說這是唯一的原因，但應該占了不小的比例喔。」
「嗚！……才、才沒有那種事……」
「那妳想像一下嘛。假如妳是個漫畫女主角般的超級美少女，妳能不挑逗伊理戶同學嗎？不會想看到伊理戶同學注意到妳的魅力而臉紅的模樣？」
「嗚嗚嗚……的、的確……」
……的、的確……

「等妳稍微建立起身為女生的自信，我覺得伊理戶同學看妳的眼光一定也會改變的！所以嘍——」

面帶存心取樂的燦爛笑容，曉月同學說道：

「接下來，我要請東頭同學變身一下。」

曉月同學抓住了東頭同學，半強迫地把她帶往自己住的公寓。

一出電梯，曉月同學就說：「等我一下喔。」讓我與東頭同學留在原位等她，然後慢慢把耳朵貼到自家隔壁——川波家的門上。

「……好，現在好像不在家。機會來了。妳們倆都進來吧。」

「妳就這麼不想見到川波同學……？」

「這還用說嗎？」

他們倆之間究竟發生過什麼事……雖然必須承認我很好奇，但現在應該優先處理東頭同學的事情。

我與東頭同學一起造訪南家。自從上次過夜以來就沒來過了，她爸媽似乎還是不在家。

曉月同學拉著東頭同學的手臂帶她進入自己的房間，然後讓她坐在梳妝台前。

「咦，咦……請問一下，接下來要做什麼？」

「會上演妳的變身場面喔，東頭同學♪」

「週日晨間節目？我、我不太想玩Cosplay……」

「所有女生每天早上都會先做臉部Cosplay再出門，沒人像妳掛著素顏出門的啦，妳這零安全觀念的情弱！」

「情、情弱……」

這句話讓東頭同學顯得非常受傷。看來這個詞對御宅族的殺傷力很大。

她還在發愣時，曉月同學已經動作熟練地幫她梳起頭髮。

「啊……！該、該不會是要化妝吧！我接下來要被化妝了嗎！」

「妳總算搞懂啦？為了建立身為女生的自信，總之外表一定要弄得可愛點。越是費心化妝就能獲得越多自信，事情就是這樣運作的。」

「我、我不要我不要！我、我不能化妝啦！我不適合！」

「化妝哪有什麼適不適合的啦，就跟妳說沒事了。東頭同學天生麗質，只要稍微修兩下就會變得像台灣的偶像了。」

「那不是幾乎原形盡失了嗎！」

「所以才跟妳說是變身場面啊。」

「就算是週日晨間動畫的變身場面也不會連臉都變不一樣啦！嗚呀啊——！」

曉月同學喜孜孜地，幫發出尖叫的東頭同學化妝。輕輕拍拍啪答啪答噗茲噗茲畫線畫線。她的腦中似乎從一開始就有了完成圖，動作沒有半點遲疑。好厲害……

「結女平常都是怎麼化妝的啊——？妳好像沒有畫很濃？」

曉月同學手邊繼續忙，同時向完全變成觀摩者的我問道。

「我不會畫太難的妝……所以只會修一下眉毛，然後做個護膚。弄頭髮可能還比較花時間。」

「也是喔～因為妳的頭髮又長又漂亮嘛。弄起來好像很麻煩耶～為什麼要留這麼長呢？」

「因為……」

我得斟酌一下用詞。想解釋清楚就得提到國中時期的事。

「……或許是想改變造型吧。應該說我想變成不同於以往的我嗎……」

「哦。那妳有成功嗎？變成另一個自己。」

「這就難說了……」

好像有成功，又好像完全沒成功。

像這樣跟曉月同學聊天，對於國中時期的我來說是一件不可能的事。可是，關於那個男人的事就……

「既然會猶豫就表示還是有點效果吧。很棒吧，東頭同學！有前人的成功案例喔？」

「……我……只不過是在臉上塗點瓶瓶罐罐，又能改變多少……」

「竟然把別人的化妝品說成瓶瓶罐罐，太不給面子了吧……等妳看到這個了，看妳還能不能嘴硬？」

曉月同學一把抓住東頭同學略為低垂的臉，硬是讓她抬起頭來。

東頭同學的視線，看見了面前的鏡子。

看見了鏡中自己的容顏。

「……咦……」

較長的瀏海用髮夾夾起來，毫無保留地露出的臉蛋，正在連連眨眼。那雙眼睛又圓又大，鼻子小巧可愛，嘴唇水潤有光澤。臉頰像小嬰兒一樣渾圓，營造出純真卻女人味十足的嬌媚氣質。

「……怎……怎麼有個美少女……？」

東頭同學手指顫抖地指向鏡子，回頭看我們。

她只看得見鏡中的身影。但我們卻看得到本尊——與鏡中美少女一模一樣的本尊。

曉月同學賊笑著說：

「鄭重為您介紹——！這位美少女叫做東頭伊佐奈——！要跟她好好相處喔——？」

「不、不是，不是不是不是！完全變了一個人不是嗎！根本是特效化妝了嘛！化、化妝好可怕……！」

渾身發抖的東頭同學勾起了我的回憶，我對她說：

「我在旁邊都看到了，曉月同學只有幫妳修眉毛與睫毛喔。假如是那種讓人判若兩人的化粧，怎麼可能這麼快就化好呢？」

「就是啊。雖然我還有打個薄薄的粉底就是了，但基本上呢，沒有替妳原本的臉做太大改造喔，東頭同學？」

東頭同學一副無法置信的神情，目不轉睛地打量鏡中的自己……好吧，有這種反應是正常的。她一輩子活到現在，可能連鏡子都沒好好看過。

「就說妳天生麗質了嘛？所以只要把眉毛與睫毛修一修，撩起瀏海讓臉露出來就很足夠了！……換句話說呢，東頭同學，我所做的只是——」

曉月同學把手放在東頭同學的肩膀上，用鼓勵她的語氣說：

「——凸顯出妳本身的可愛罷了。妳本來就有這麼可愛喔？」

「啊……」東頭同學發出有些哽咽般的呻吟。

「……我……我很……可愛嗎……？」

我想她可能從來都沒想過吧。沒想過自己變可愛的可能性。

因為國中時期的我……也是這樣。

「好啦，等妳可以幫自己化這點妝之後，就會慢慢有實際感受了。這點淡妝很快就可以學起來了，我來教妳。而且我手邊有多的化妝用具，也送給妳！所以嘍，妳從明天開始就用這張臉去見伊理戶同學吧。」

「什麼！要、要給他看嗎？給水斗同學看？辦、辦不到啦辦不到辦不到辦不到！」

東頭同學縮成一團遮起了臉。曉月同學邪惡地一笑，把嘴湊到她的耳邊——

「——妳也想讓他看吧？」

簡直有如惡魔的呢喃。

但是，效果的確顯著。

東頭同學略為抬起頭來，從自己的手指縫隙間偷看鏡子。她打量鏡中的自己，那個確實比之前可愛多了的自己，發出呻吟，抿起嘴唇——

然後怯怯地，把遮臉的手放到了膝蓋上。

曉月同學看見了這一幕露出滿面笑容，抱住東頭同學。

「唷，美少女！輕小說女主角都不能比呢！」

「不，我覺得輕小說的女主角比較可愛。」

「這個倒回答得很快呢……」

一如曉月同學的猜測，從這天起，東頭同學的觀念有了轉變。

她現在只有要跟水斗見面時會修飾儀容，看得出來隨著一天天過去，她的女子力等級從原本的1到2、3、4不斷地往上提升。附帶一提，一般人的女子力大約是30。

當然，東頭同學的眼睛多少變得明亮一點，並不能打動那個不解風情的死傢伙——

「妳眼睛怎麼了？昨晚熬夜？」

——就像這樣。這男的在鬼扯什麼？他以為她花了多少時間才把睫毛刷成那樣？

「欸，我看那種貨色，還是不追算了吧？」

「妳突破盲點了。」

「不、不要這麼說嘛……他只是在關心我有沒有不舒服……」

啊啊，怎麼會這麼無怨無悔……那男的怎麼都察覺不到這個女生的心意？臉紅一下會死嗎？好歹也驚為天人一下吧，假正經什麼勁啊。

隨著我對東頭同學逐漸產生同理心，對那遲鈍繼弟的敵意也就一天天膨脹起來。

「……喂，妳幹嘛用那種充滿敵意的眼神看我？」

「沒有啊，只是希望你哪天最好能吃點苦頭。例如被女生持刀猛刺什麼的。」

「…………」

水斗臉色發青地與我保持距離。

幹嘛啊，大驚小怪。我用菜刀唰一聲切開了晚餐要煮的紅蘿蔔。

就這樣，過了一個星期。

六月也已進入中旬，在梅雨氣息漸濃的時期，我們與東頭同學的努力總算漸漸有了明顯成果。

「你好啊——水斗同學。」

「喔，東頭……」

東頭同學如今在前往圖書室之前會先修飾儀容，因此現在是反過來讓水斗等她。「幹嘛放學後才弄，早上弄好再來學校啊。」曉月同學這樣說她，但她本人說：「不要，我想睡覺～」不肯讓步。東頭同學大概是覺得，為了水斗以外的人打扮漂亮沒什麼好處吧。

一如往常地，東頭同學脫掉鞋襪，坐到水斗的身邊。身體接觸作戰仍在進行中，因此兩人的距離近到肩膀相碰——

「…………」

水斗挪開屁股往旁邊閃開，與她保持距離。

「…………？」

東頭同學不解地抬頭看他的側臉，縮短拉開的距離。

一挪。

水斗從她身邊離開。

一挪。

東頭同學縮短距離。

你挪，我挪，再挪。

兩人大玩貓捉老鼠，在窗邊空調上不停地往旁邊挪，最後水斗終於被逼到了牆邊。

「水斗同學，你為什麼要躲開？」

「我喜歡保留寬敞的個人空間。妳再踏入我的地盤一步看看，我會讓妳見識到地獄。」

「哦哦——那就讓我見識一下你說的地獄——呀啊啊！」

從旁偷窺的我們嚇了一跳，因為水斗冷不防地把東頭同學的頭髮揉了個亂七八糟。簡直像在替狗洗澡。

好不容易整理好的頭髮，可悲地變成了像是剛睡醒的爆炸狀態。

「你、你幹嘛這樣——！」

「讓妳見識地獄啊。恭喜妳，可以趁機練習做髮型。」

「咦？」

「「（咦？）」」

東頭同學與旁觀的我們，都睜大了眼睛。

難道說——他注意到了？注意到東頭同學的打扮！

而且，剛才那種反常的動作——很明顯是在掩飾害臊！

水斗若無其事地繼續看他的書，東頭同學卻不知所措地亂了手腳。她毫無意義地東張西望了一會兒……最後，把瀏海捏在手裡說：

「你……你這是霸凌。你霸凌我……」

「或許吧。」

「那……那這樣的話……」

東頭同學在自己的書包裡翻翻找找，拿出一把梳子說：

「你願意……陪我一起被霸凌吧，水斗同學？」

說完，她怯怯地，把梳子拿給水斗。

我與曉月同學，並不明白她為什麼會這樣接話。

但水斗從書本中抬起頭來，看看她拿給自己的梳子。

「……真拿妳沒辦法。」

他像是投降般淡淡一笑，接過梳子，讓東頭同學轉身背對他。

水斗動作仔細地，將自己弄得亂七八糟的頭髮梳整齊。東頭同學的表情像隻被梳毛的狗，舒舒服服地把整個人交給他。

「（……欸，結女。）」

曉月同學一邊望著他們，一邊說道：

「（我看已經可以告白了吧？）」

我找不到可以反駁的話。

「辦不到。」

隔天。

在放學後集合的家庭餐廳，東頭同學一個勁地猛搖頭。

「還不行，我辦不到。這麼快就要我告白……！」

「不會不會，安啦安啦。」

「很不安啊！絕對辦不到——！辦不到辦不到辦～不～到～！」

東頭同學趴在桌上，搖頭不從。雖然跟個耍賴皮的小孩子沒兩樣，但我懂她的心情。

「曉月同學，我看還是再等等吧。她也得做好心理準備……」

「就、就是啊！我還沒做好心理準備！」

「要做就現在做一做啊。」

「咦咦！」

「我跟妳說，心理準備這種東西啊，現在做不到就一輩子做不到啦！別對未來的自己期待過高了！今日事今日畢！」

曉月同學仰頭灌了一大口哈密瓜蘇打。

「所謂的告白啊，都是拖越久就越難開口。應該說是關係已經固定了吧。長久以來都只是把這個女生當朋友，現在卻忽然說要當男女朋友，會讓對方很困惑的。所以盡早告白，成功率還比較高一點。」

「不過一見面就告白當然不行啦。」曉月同學又說。

感覺在她至今的言論當中，這是最沉重的一番話。

大概她有過經驗吧。曾經想改變長年以來的關係……

「就這點而論，東頭同學還來得及。你們認識才兩、三個禮拜對吧？趁現在還來得及修正。再說……心理準備這種事，也不是多花時間就能自然做好的。妳要知道，假如現在不敢告白的話可能一輩子都不敢了喔。」

……想到如果我沒能在第一個月，趁著國二暑假的期間告白的話會是什麼情況，就覺得曉月同學說得也的確有理——唉，我想我一定一輩子，都不會做出告白這種驚天動地的事情來了。

第一個月。

不趁著那興奮浮躁、思維失常的時期，我絕不可能想到要告白。

因為戀愛這玩意，一旦冷靜下來，就會像泡沫一樣破裂消失。

「唔……唔唔唔……的確，我或許是沒有戀愛喜劇那種嘮嘮叨叨拖拖拉拉了老半天後，才去告白的勇氣……」

「是不是——？現實中的戀愛可不會像漫畫那樣維持好幾年喔——」

「……呃，這樣聽起來，好像是在跟我說就算配對成功也會立刻分手耶。」

「我沒那麼說喔——」

「明明就有！……老、老師！沒有那種事對吧！也有一些戀愛可以維持好幾年對吧！」

「……有、有啊。」

「目光在游移！」

不要問我這個實質上一年都維持不了的人！

「總之呢，姑且不論兩人的感情可以維持幾個月……」

「幾個月！妳是不是說幾個月？不是幾年！」

「我覺得原本就很有勝算喔，因為伊理戶同學沒理由拒絕啊。東頭同學這麼可愛，你們又合得來，伊理戶同學又沒對象。絕對可行啦！」

「才沒有……」

東頭同學用指尖把瀏海拉直，縮起了肩膀。

「……我很陰沉……又難搞……就是個只有胸部能看的女人……」

「就只有這方面的自信還真是屹立不搖啊妳這傢伙。」

曉月同學臉上笑咪咪地散發怒氣說：

「結女妳覺得呢？妳覺得東頭同學有多少勝算？」

我注視著桌子的表面，重新想了想。

想想那男的。

與他共度的時光。

跟我在一起時的神情。

言談、舉止。

「……那男的，不會用一堆評量標準看女生。」

然後，我想起跟東頭同學在一起時的水斗。

「他跟東頭同學在一起的時候，看起來很開心……所以，假如妳說想多跟他在一起……我覺得他不可能拒絕。」

假如東頭同學真的跟以前的我完全一樣，那就不確定了。

但是，她跟我不一樣。

她是真的跟那男的興趣相投又合得來，到了再無第二人選的地步。所以她不需要掩飾什麼，也不用有任何顧慮。

真的，跟假裝個性相投，其實很多方面都得跟他互相顧慮的我差多了。

雖然她對自己缺乏自信，但那男的一定能配合她——畢竟只有在這方面上，他有實際做到過。

就我所能考慮的範圍內……

除了東頭伊佐奈之外，沒人配當伊理戶水斗的女朋友。

甚至讓我覺得，我這個存在是某種錯誤。

「……真的嗎……？」

東頭同學用不安與期待參半的細小聲音，喃喃說道。

「我……可以成為水斗同學的，女朋友嗎……？」

她那隨時可能氣餒退縮，卻拚命試著向前看的模樣，又讓我想起了過去的我。

可是，她不是過去的我。

不是蠢到多嘴亂講話把一切全都搞砸的綾井結女。

她讓我想起的……

是還沒有失敗——還有可能幸福到最後的我。

「妳可以的。」

所以，我忍不住想推她一把。

因為換成是她，也許能看到我無緣一見的事物。

胸口深處的陣陣刺痛，與這份希望相較之下不具任何意義。

「——前女友向妳保證。」

後來我們針對具體的告白方式，進行了討論。

「是不是……還是該寫封情書什麼的？」

「什麼——？不會太老派了嗎？會被對方看到深夜發瘋寫出的平靜度零、好像在寫詩的文章耶？換作是我的話寧可自殺——」

「嗚咕……！」

那只是一時興起……只是年輕的過錯……我本來並沒有打算要寫那麼丟臉的信啊……

儘管有過這麼一段插曲，總之我們決定採用把人約到校舍後面告白的簡單方式。

然後就是南曉月教官提供的告白練習了。

「Repeat after me。『我喜歡你，請跟我交往！』」

「我、我喜歡尼！醒……請跟我交……啊嗚……」

「咬字要標準！不要害羞！聲音要宏亮而且清晰易懂！但是又要有點吞吞吐吐的！」

「強人所難嘛！」

就這樣耗掉了一天——

〈伊邪那美：他回我惹。五點校舍後面碰面。〉－22：48

〈伊邪那美：我要吐惹。〉－22：48

〈曉月☆：辛苦了～！五點啊～他約了人比較少的時間呢。我看伊理戶同學知道是怎麼回事喔。〉－22：49

〈Ｙｕｍｅ：想吐的話最好趁今天吐一吐。否則就得用發出酸臭味的嘴巴告白了。〉－22：49

〈曉月☆：結女那時也想吐嗎？笑。〉－22：50

〈Ｙｕｍｅ：不予置評。〉－22：50

我是寫情書，所以是在他當著我的面看情書時遭受反胃與腹痛的雙重連擊。但我覺得當時要是跑去廁所就會毀掉渺小的一線希望，所以忍住了。

〈曉月☆：五點的話到時候還有點時間，我幫妳整理一下頭髮跟眉毛。放學後就集合喔。〉－22：51

〈伊邪那美：謝些。〉－22：51

東頭同學可能是太緊張了，不但只傳短文，連文字都沒打好。

看她這樣，連我都開始緊張了。

〈曉月☆：現在要幹嘛？請結女偵察敵情？伊理戶同學現在搞不好正在慌張喔。〉－22：52

〈伊邪那美：我覺得不管看到什麼都只會讓我更不安。〉－22：53

〈Yume：我看妳今天還是早點睡吧。〉－22：53

〈伊邪那美：我應該睡不著。〉－22：54

〈曉月☆：那就看看搞笑影片把腦袋放空吧。我推薦給妳。〉－22：54

曉月同學貼了幾個影片後，東頭同學傳了〈謝謝〉這種固定句子就陷入沉默了。

只希望她別帶著黑眼圈去告白就好……

我正在設身處地為她擔心時，手機的通話鈴聲忽然響了。

是曉月同學。我接起來放到耳邊。

「喂？」

『哎呀——連我都開始緊張了呢。』

聽到她邊說邊笑，我也笑著回答：「我懂。」然後說：

「……結果，我沒能幫上多少忙呢。幾乎都是曉月同學給的建議……」

『不會啊。要是只有我的話，東頭同學早就放棄了吧。』

「是嗎？」

『是啊。』

曉月同學似乎有她的根據，語氣中充滿確信。

『怎麼樣，結女？繼弟交到女朋友是什麼心情？』

「……妳覺得，她會成功嗎？」

『應該會吧？照常理來想的話。』

「常理？」

『除非給對方的印象太差，否則告白這種事只要有勇氣去做，我覺得成功率還滿高的喔

——因為啊，妳不覺得光是被對方喜歡，就足以成為喜歡上對方的理由嗎？』

這……或許的確如此。喜歡上願意喜歡自己的人，我認為是很自然的心理現象。

『不過也有句名言說「沒什麼東西比你不感興趣的人對你表現的好感更噁心」就是了。坦白講我就是這一派。』

「喂！」

『反過來說，不就表示已經是好朋友的東頭同學沒問題嗎？他們不可能合不來，又會擔心拒絕會讓兩人之間尷尬，更何況只要點個頭就能交到女朋友。所以，就算沒有戀愛感情好了，反正今後還是有可能喜歡上她，我覺得照事情的自然發展，應該會先接受告白吧～』

「……或許吧。」

『可是呢……伊理戶同學啊，偏偏就是個沒那麼自然的人。』

曉月同學用略帶陰霾的聲調說：

『我唯一擔心的大概就是這個吧。我剛才說的，是覺得女朋友這種存在很可貴的那種人。可是，伊理戶同學恐怕不是吧。』

「……是嗎？」

『是啊。伊理戶同學是那種沒女友一樣活得下去的人。不覺得情侶這兩個字，在個人價值上有任何意義……所以呢，如果他即使如此還是想交女朋友——』

曉月同學接下來的一句話……

在我心中強烈地迴盪，甚至讓我忘了呼吸。

『哎，雖然全部都是我瞎掰的啦！』

儘管曉月同學打哈哈糊弄了過去，但剛才那句話，卻在我腦中不停地盤旋。

假如是那樣……

假如是那樣，那我——

『晚安，結女。明天要一起努力見證結果喔！』

「咦，啊，嗯……怎麼偷窺好像變成理所當然了？」

『這是提供諮詢的人應盡的義務啊～』

這時，我發現自己變得有些憂鬱。

為什麼呢？

還沒想出問題的答案，我已經掛掉電話蓋上了棉被。

翻來覆去睡不著。

我變成了只會在被窩裡翻身的生物，不得已先坐了起來。

也許是受了東頭同學的影響，連我都開始緊張了？

總之先喝個水讓自己鎮定下來吧……

我走出房間，下到一樓。走進關了燈的客廳，摸索著找尋電燈開關。住了兩個月，這點動作已經成了習慣。

我找到開關，讓客廳變得一片明亮。

這時我才發現，沙發上坐著一個人。

「嗚哇！」

我忍不住驚呼一聲，沙發上的某某人慢慢回過頭來。

是水斗。

他一副心不在焉的樣子，看到我，眼睛連眨都沒眨。

「你……你在幹嘛啊……也不開燈……」

「……想點事情。」

說完，水斗仰望天花板。

想事情。

除了東頭同學的事情之外……不可能有別的了。

不管這個男的再怎麼不解風情，也應該知道明天，東頭同學就要向他告白了。最好的證據就是，這男的指定了人比較少的時段跟東頭同學碰面。是因為猜到了約他碰面的用意，才會做這種不動聲色的貼心舉動。

他是否在猶豫？

猶豫著是否該接受……明天的告白。

對東頭同學來說，成為男女朋友，只不過是朋友關係的進一步發展。並不會讓目前的關係化為烏有——事實上，東頭同學在下定決心告白之後，仍然不曾改變對水斗的態度。

她對這份感情有所自覺之後的時日，說穿了就是試用期。

是用來證明即使成為情侶，至今的關係仍然不會結束的期間。

我們決定不讓她勉強做改變，就結果來說，我覺得是正確的選擇。因為這樣等於是事前消除了被對方以「交往就不能再做朋友」為由回絕的可能性。

所以……沒有藉口可以逃避。

一切只取決於水斗的心情。

既然這樣，答案應該再簡單不過——

「……我問妳。」

這時，水斗繼續仰望著天花板，跟我說話。

「如果……我是說如果喔？」

用一種不安定地搖曳，宛如迷路小孩的聲調。

「假如我交到了新的女朋友……妳會怎麼想？」

我感到一陣心痛。

化膿的傷口，在陣陣抽痛。

同時……一股憤怒，在心中湧升沸騰。

「我怎麼想，跟這件事無關吧。」

東頭同學的努力，以及該給東頭同學的答覆……

他竟然想把這些推到我身上，想得美——

「你應該按照自己的想法去做。」

我根本沒有決定權。

決定權在這男人的手中。

只有這男的自己，可以給東頭同學一個答覆。

無論那是什麼樣的答覆。

「……妳與東頭，都說一樣的話呢。」

「咦？」

「我的意思是妳說得對。」

水斗自嘲般淺淺一笑，站了起來。

他往站在門邊的我這邊走來，擦身而過時，輕拍我的肩膀。

「——對不起。」

在我耳畔留下小聲的呢喃，前男友就消失在樓梯上了。

我呆站原地一會，過了幾分鐘後，在流理台倒了一杯水。

冷水從喉嚨逐漸流入體內。

但是，填補不了。

我仍然感到空虛，就好像心裡開了個洞。

——我們分手吧。

無意間，我想起我與那男的分手時的事情。

想起彷彿肩膀放下了重擔，那種神清氣爽的心情。

啊啊，我懂了。

因為那時候，是那種情況——

——所以我之前，並沒有過失戀的經驗。

「——嗯。ＯＫ了——！」

曉月同學把梳子收好，讓東頭同學的臉轉向女廁的鏡子。

「如何啊，客人？我自認為弄得還滿好看的喔～？」

「…………這已經是詐騙了吧？」

「不犯法啦！況且我又沒修那麼多！我已經說過很多次了，東頭同學，其實妳算是滿可愛的喔？」

「少來了～」

「結果對自己的評價還是沒改變多少呢……」

東頭同學雖然已經學會如何整理睡亂的頭髮與塗唇膏，但是讓專業人員（？）一弄還是判若兩人。

大概她本身就是屬於適合化妝的型吧。身高較高，身材又好，但臉部五官給人天真爛漫的感覺……該怎麼說呢？好像寫真偶像裡會有的類型。

「竟然連認真打扮之下會判若兩人的地方都像那男的……」

「哦～伊理戶同學也是認真打扮會變帥的類型啊～？結女妳有照片什麼的嗎？」

「認、認真打扮過的水斗同學……想看……好想看……」

「……沒、沒有耶～……很遺憾，我沒有照片～……」

總不能把沉眠於我手機裡的明星照片般圖片給她們看吧。

接下來就要告白了。引發不必要的誤會怕會弄得場面難看。

走出女廁時，校舍內空無一人。

頂多只有遠處傳來管樂社或體育社團練團的聲音。

一方面因為是明星學校的關係，我們學校沒有特別致力於社團活動。包括我們幾個在內很多人都是回家社，所以放學後只要過了一小時，學校就會幾乎變成空城。

正是適合告白的好環境。

「那……要照練習來喔，東頭同學。我們會默默守護妳的！」

「我、我會加油呃……」

我不忍心看東頭同學面無表情地緊張得渾身僵硬，於是溫柔地把手放在她肩上，語氣盡可能堅定地告訴她：

「妳辦得到。」

因為，就連我都辦得到了——妳不可能辦不到。

像手機一樣簌簌震動的東頭同學慢慢恢復鎮定，吸氣吐氣做了個深呼吸。

「……我過去了。」

聲調與神情，都還帶有一些緊繃——但東頭同學用穩定的腳步，走向了校舍後面的告白地點。

我們默默目送她的背影離去。

曉月同學用感慨良深的口吻說道：

「都說談戀愛會改變一個人，原來是真的呢～」

「怎麼覺得妳講得像是事不關己？」

「……啊——哎，因為我啊，是會往壞方面改變的類型。」

曉月同學神情尷尬地低聲說完，就像要打馬虎眼似的小碎步往前走。

「我們也趕快過去吧，結女。得負起責任見證最後結局才行！」

「……也是，得看到最後才行。」

見證可能發生的另一個結局。

我與曉月同學，躲進了成為告白地點的校舍後面旁邊鄰近的教室。

從窗戶往外偷看，只見東頭同學一個人心神不寧，毫無意義地玩頭髮或是毫無意義地踢飛小石頭。那男的似乎還沒有要來。

在我的身邊，曉月同學在窗邊地板上席地而坐，不知為何忙著滑手機。

「妳在做什麼？」

「驅離閒雜人等。」

教室裡沒人，走廊上也沒人。而兩邊的教室也感覺不到人的氣息。

雖說沒花費心力在社團活動上，但像這樣空無一人還是很不尋常。不知道是不是曉月同學背地裡做了什麼安排。但她是怎麼辦到的……？

就在我覺得這個升上高中後第一個交到的朋友有些高深莫測時，沙的一聲，外頭傳來了新的腳步聲。

「（來了。）」

我悄聲說完，曉月同學便不再滑手機，探頭看窗外。

正好就在這時，水斗站到了東頭同學的面前。

「……我來了，東頭。」

水斗用略感僵硬的語氣說道。

那聲調嚴肅而真摯，充滿了覺悟。

所以，東頭同學一定也感覺到了。知道自己的努力，絕沒有白費。

「那、那個……謝、謝謝你，特、特地，跑一趟……」

「嗯。」

練習的成果不知到哪去了，東頭同學講話結結巴巴，水斗溫柔地回話。

「那、那個……是這樣的。我、我有話，想、想跟，水斗同學說……」

「嗯。」

「應該說只是想感謝你平時的照顧……雖然也才兩個多禮拜稱不上感謝，但我還是……啊啊嗚，不對不對，不是要說這個，呃，這個那個，我是說…………」

東頭同學完全慌了。

她揪住好不容易做好髮型的頭髮，忍不住嗚嗚呻吟起來。

曉月同學哀嚎一聲「嗚啊啊……」把臉遮起來，好像不忍心再看下去。

但我沒有別開目光。

因為我知道，這點小失敗不會把事情搞砸。

「想說什麼照順序來，慢慢說給我聽。」

水斗配合東頭同學的步調，用緩慢的語調說道。

「我會統整妳想說的話。平常看一堆書可不是看假的。」

……啊啊，就是這個。

就是東頭同學說過她喜歡的──那聲音是多麼柔和啊。

東頭同學微微抬起視線，安心地喘一口氣。

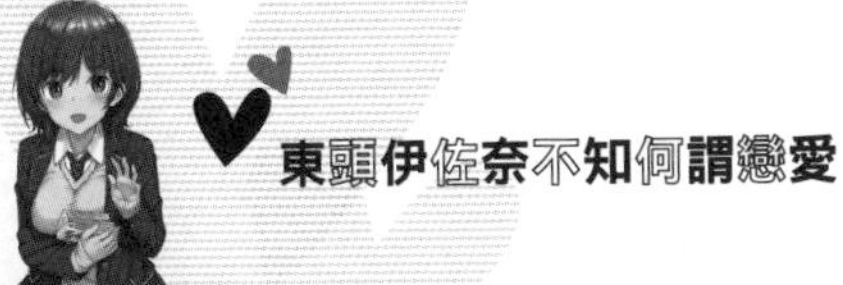

然後，她斷斷續續地，這次較為清楚有條理地說出了心意。

「……在圖書室，相撞的時候，是水斗同學主動跟我說話，對吧。」

「對。」

「我好高興……不只是認識了一個興趣相同的人……更高興的是你不會不耐煩，願意聽我說話……從以前，就一直有人說，我是個奇怪的女生，又彆扭，又難搞……」

「嗯。」

「無論我天南地北地講些什麼，你都願意傾聽……不只是這樣，還會認真回話……我是第一次遇到像你這樣的人……好高興……真的，真的，好開心。」

這時，東頭同學落在地上的視線，第一次正面凝視著水斗。

「我想多跟你在一起。」

話語伴隨著細微的顫抖響起。

「我想永遠跟你在一起。」

像在尋求依靠，像在尋求安身之處。

「所以——請讓我，成為水斗同學的女朋友。」

接著說出的最後一句話，就像是自然流露的心聲。

「我喜歡你。」

短短四個字的一句話，卻在沉默之中，反覆迴盪。

不可能傳不到對方的心坎裡。

我從未聽過如此純粹，如此真誠的話語。

我看著水斗的臉，連呼吸都忘了。

他正面迎向東頭同學的視線好一會兒，然後忽地像要解除緊張感般微笑了。

「……妳明明總是說，我們是朋友。」

「啊！啊……我那不是在騙你！我也是真的把你當成朋友……！」

「我也覺得，跟東頭在一起很開心。」

感覺彷彿有一陣風吹過。

可是，樹木並沒有被吹動。頭髮也沒有飄動。

是一種類似冷風，但截然不同的感受，輕撫過我一個人的內心。

「我有生以來，可能是第一次遇到像妳這樣合得來，又不用有所顧慮的人。所以妳跟我如果交往的話，我想一定會非常順利。雖然應該會吵架，但妳跟我只要聊聊新書的話題大概就忘了。」

「……啊……」

我閉上眼睛。

剛才東頭同學驚慌失措時，我明明還能緊盯不放……現在不知為何，卻再也看不下去。

——我知道他接下來會說什麼。

他會露出前所未有的柔和笑容。

心裡有些害臊，但目光直視對方的眼睛。

然後告訴她——

「——**可是，對不起。**」

……咦？

我睜開了眼睛。

耳朵聽到的……跟我所想像的回答恰恰相反。

「對不起，我不能跟妳交往。」

水斗再重複一遍，好像這是一種禮貌。

我也是。

曉月同學也是。

還有東頭同學也是。

所有人都愣住了。

「為……為什麼呢……？」

東頭同學用彷彿拒絕理解般的空洞表情，顫聲問道。

「是、是不是……還是沒辦法，把我……當成女生……看待……？」

「不，沒那種事——跟妳說，東頭。我也是個男生，妳把胸部往我身上貼，我不可能無動於衷的。就算對方只是女性朋友也一樣。很不爭氣的是，我似乎無法把友情與戀愛清楚劃分開來……」

「……既、既然是這樣……！」

「我呢，也有冷靜下來想過。」

水斗的嘴角，顯露出為難的苦笑。

「我也試著重新審視過自己的內在感情。結果——我發現，座位已經滿了。」

水斗自嘲般說道：

「我是個心胸狹窄的人。看樣子我最多，只能用真感情面對一個人——而這唯一的一個座位，卻還有個傢伙占著不走，明明她就沒有那個權利。」

……啊。

「而我——明明沒有那個義務——卻好像還不想讓她哭泣。」

話語滲入我的胸中，使我的視野蒙上一層水膜。

「所以，我必須一再跟妳道歉。對不起。**我拒絕妳不是因為妳的關係，而是為了別人，對不起**。妳沒有哪裡不好，別人也沒有哪裡不好，這是我個人的問題——這是我心中明確存在的，我自己的感情。」

——對不起。

留在耳畔的聲音，與此刻產生重疊。

「對不起，東頭——我不能讓妳成為我的女朋友。」

昨晚曉月同學說過的話，重回我的腦海。

——……所以呢，如果他即使如此還是想交女朋友——

——那應該就是個即使不會帶來好處，不能拿來炫耀，但無論如何就是希望她能待在自己的身邊……讓他有這種想法的人吧。

「……啊……」

我雙膝一軟。

我轉身背對窗戶，背後靠牆，整個人往下滑坐到地上。

「……啊，啊……啊啊……！」

為什麼啦，笨蛋。

明明有機會得到幸福。

不像我，你們明明會成為很好的一對。

如今我對你來說，明明就只是個繼姊妹。

你為什麼還要……

還要讓一個不再是女朋友的人……

——待在你的身邊？

「……唉——」

我聽見曉月同學傻眼地說：

「結果不管怎樣，都會把人弄哭嘛。」

「我，才沒有，哭……！」

「妳真的很喜歡他呢。」

「我早就，不喜歡……他了……！」

早就不喜歡了。

雖然早就不喜歡了……

——但我，仍然待在他的身邊。

啊啊，我該怎麼辦？

我……真的，真的，好高興。

「……你們倆很奇怪耶。」

曉月同學喃喃說著。

不知是不是我多心了，總覺得語氣像在鬧彆扭。

「真的很奇怪。」

◆

結果那天的狀況，後來變得一整個莫名其妙。

東頭同學對水斗的回答做了什麼反應，事情又是以什麼方式收場——我沒能看到最後一刻。

曉月同學說她忙著安慰哭出來的我，結果不知不覺間兩人就不見了。

……只能說真的很對不起東頭同學。

明明是我慫恿她的，但我在那一刻，卻明確地為了她被甩而高興——那男的以我為理由甩了她，竟讓我高興到哭了出來。

我這人個性到底有多爛？就算東頭同學賞我一巴掌都沒得抱怨。

我沒臉見她，就連到了隔天，都還不敢用ＬＩＮＥ聯絡她。ＬＩＮＥ沒有收到訊息，看來東頭同學也沒聯絡我。

我想起在那告白日的前一晚，胸中變得空蕩蕩的那一刻。

……她現在是否也是那種心情？我很想安慰她，但不確定我有沒有那個權利……

我就這樣悶悶不樂地上完課，到了放學時間。

「我們來辦安慰聚會嘛。」

剛走出校舍，曉月同學就這麼說道。

「畢竟我們也有責任啊。再說……東頭同學明明就只有伊理戶同學這一個朋友，事情卻變成那樣，妳想嘛……是不是？」

聽她這麼說，我心情更陰暗了。

「……說得……也是。不可能再變回以前那樣了……」

要不是我們亂慫恿，東頭同學也不會失去水斗這個朋友了。

我恐怕沒辦法繼續裝傻下去。

「雖然我們代替不了他，但身為煽動的一方，妳不覺得事後安慰也是我們的責任嗎？我們可以陪她玩，安慰她，幫她療傷……然後，再重新做個朋友嘛。」

「嗯……可是，我不知道該怎麼面對她……」

我明明就是她被甩的原因，能怎麼安慰她呢……

曉月同學甜甜一笑。

「這點沒問題！只要拿伊理戶同學甩人的糟糕方式開罵就好！」

「原來如此……！這點我全面表示同意！」

「然後我們再被東頭同學罵死就好！」

「……這點我也全面表示同意。」

只能甘願接受了。東頭同學完全是個被害者，被不負責任地亂慫恿的我們，以及不懂得講話要委婉的那個臭傢伙害得好慘。就不能用更不傷人的方式拒絕人家嗎？

「那我要打給她嘍。做好心理準備了嗎？」

「……嗯，我沒問題。」

曉月同學開始滑手機。

我反覆做幾個深呼吸，並盡可能抬頭挺胸。低頭會讓心情無限消沉下去。這種時候就算要勉強自己，也得抬起頭來——

嗯？

……這是怎麼回事？我的眼睛，好像看到了不可能存在的畫面。

在校舍三樓的最邊緣。

圖書室的窗戶。

我一邊希望是自己看錯了，一邊指著那裡。

「……曉、曉月同學……那個……」

「嗯？……嗯嗯？」

看到我指出的位置，曉月同學的表情也當場僵住。

有這種反應很正常。

因為——

在圖書室的窗邊。

有兩個人靠在一起。

開開心心地有說有笑。

——正是伊理戶水斗，與東頭伊佐奈。

「………………」

「………………」

就在我們陷入沉默時，窗戶裡的東頭同學拿出手機，放在右耳旁邊。

我從曉月同學的手機聽見了聲音。

『喂，妳好——？』

「「妳給我滾出來。」」

『咦咦咦咦咦——？』

「「這哪招啊。」」

安慰聚會變成了偵訊。

在平常用來集合的家庭餐廳，東頭同學偏著頭「咻———」地吸吸管。

「什麼哪招？」

「為什麼昨天才發生過那種事，今天就能一派自然地有說有笑啊！」

「妳昨天不是被甩了嗎！不是遭遇了挺慘痛的失戀嗎！是怎樣？是在我們沒看到的地方發生了什麼大逆轉嗎！」

「是不知道算不算慘痛，但我的確失戀了喔？」

「那妳……！」

「為什麼！」

「呃……我不懂妳們在生什麼氣……」

東頭同學困惑地皺眉。

是怎樣！該解釋的是我們嗎！我們才希望妳解釋清楚呢！

「我們原本還覺得難辭其咎耶！想說都怪我們亂煽動，害得東頭同學跟伊理戶同學再也不能做朋友了！」

「不能再做朋友了？為什麼？不是相反嗎？」

「「嗄？」」

甫經失戀的巨乳少女，語氣就像在講一個理所當然的常識。

「我被甩得乾乾淨淨，變得完全沒譜，所以**反而可以光明正大毫無顧慮地繼續做朋友**不是嗎？」

我們都說不出話來了。

難……難道說……她從不說「可能會破壞現在的關係」，出乎意料地很快就有意願追求水斗，是因為……

極大的戰慄竄遍我全身上下。

眼前發愣的女生，越看越像是來自遙遠異世界的外星人。

「……我、我不懂……結女，我搞不懂最近的年輕人在想什麼……！」

「放心，冷靜下來！我也完全不懂！」

「抱歉好像害妳們擔心了。人生的第一次失戀是讓我蠻受傷的，但現在就如妳們看到的，我已經沒事了。**昨天水斗同學安慰過我了**。」

「「這又是哪招——！」」

「他跟我說『妳冷靜想想。比起高中時期談的感情，高中時期建立的友誼長久維繫的機率比較高不是嗎』，我一聽就覺得很有道理。」

「我的腦袋跟不上了啦！」

「拜託不要再破壞我們的常識了！」

虧我還煩惱什麼「不確定我有沒有那個權利……」！這女生已經被最沒權利的傢伙安慰過了！

我覺得根本是在跟火星人說話，價值判斷的隔閡太深了。我們決定逼問另一個當事人。

『……喂？』

「是我。關於你昨天甩掉的女生，我想問個問題。」

『……不是，妳怎麼會知道東頭向我告白了？』

「現在別管這個。」

『怎麼能不管？』

「……聽說你明明甩了東頭同學卻又安慰失戀的她，這是真的嗎？」

『……妳問這個啊。我不知道妳是從哪裡聽來的，但儘管放心吧。』

「放心什麼？」

『我也完全不懂怎麼會變成那樣。』

聽到他的聲音流露出滿心困惑，我與曉月同學不約而同地看向東頭同學。她一臉遇到難題的神情，瞪著擺在菜單旁邊給小朋友玩的找錯遊戲。

看來有問題的果然不是我們。

「……異世界人。」

「真的是異世界人。」

「咦？為什麼忽然把我轉生到異世界去了？」

世上有些人，價值觀與常人有著決定性的差異。

我切身學習到了這一點。

——就在這時……

仍然與水斗通話中的手機，傳來了低沉的聲音：

『…………伊理戶…………？』

「嗚！」

一聽到這個有些陰森恐怖的聲音，曉月同學立刻一副「慘了」的表情。

剛才那聲音是……川波同學嗎？那不是水斗，所以我只能猜測是他。

『剛才……我聽到你說有人跟你告白……究竟是什麼人……？』

『嗯？對喔，我好像還沒跟你說過？她姓東頭——』

「哇——！不行不行不行！不可以把東頭同學的事告訴那傢伙——！」

『喂，你說的那個女人是誰！竟然跟伊理戶同學以外的女生——』

「啊——煩耶！我精心隱瞞到現在都白費了！」

曉月同學慌張地把東西一抱站了起來。

「抱歉！我去安撫一下某個難搞的變態，先走了！」

曉月同學把飲料吧的錢放在桌上，就丟下我們衝出了家庭餐廳。

我愣愣地目送她離去，喃喃自語：

「……搞不好其實對所有人來說，任何人都是異世界人呢……」

「哦哦？好深奧喔。妳是在說一個人就算傳送轉生到異世界，與他人或世界的相處方式在根本上其實沒有不同嗎？」

沒有兩個完全一樣的人。

也沒有兩段完全一樣的戀情。

初戀結束後，初戀以外的某種感情仍會延續下去。

這某種感情，我還沒能給它一個名稱。

後記——幸福新年號

前兩年，日本的結婚資訊雜誌《Zexy》採用的廣告文案曾經成為熱門話題。

「在這個不結婚也能獲得幸福的時代，我還是想和你結婚。」

在本書預定出版的五月一日，日本應該已經從平成進入了下一個年號——令和。在大約三十年的平成年間，少子化成為一種趨勢，結婚平均年齡逐年上升，人們的價值觀也隨之改變。如同《Zexy》的廣告詞所說，結婚已不再是人生的必經階段，單身貴族更是早就不稀奇了。沒有對象跟朋友混就好，沒有朋友大可以打電動或看書什麼的。這一切都具有同樣的價值，沒有貴賤之分——就這樣，幸福的所在變得更加豐富多元。

既然這樣，那麼戀愛喜劇的女角只是個女性朋友又有何不可？

於是，完全無敵系女角東頭伊佐奈就在這集登場了。

所謂的完全無敵系，是指她就算情場失利也不痛不癢。對她來說失戀不算是太重大的打擊。因為對她來說，幸福並不是交男朋友結婚當太太生兒育女，而是得到一個能聊輕小說感想的對象。

在這些人格的中心位置全都為情所傷的登場人物當中，她可說是具備了異世界人的價值觀。如同傳送或轉生系作品的主角經常以常識與知識的差異對異世界造成巨大影響，可以想見光是她的存在就足以對周遭的人物造成影響。

如今情侶這種關係已不再具有特殊性。既然如此，要成為什麼樣的人才能過得最幸福？幸福形態的多樣化，也就等於人際關係的多樣化——

——說真的，接下來該怎麼辦呢？其實網路連載的部分已經出完了。

責任編輯、插畫家たかやＫｉ老師、本書製作方面的所有相關人士，以及各位讀者，容我借用這裡的版面向大家鄭重道謝。多虧有大家的支持，第一集再版了。不是客套話，這都是托各位的福。

以上就是紙城境介為您獻上的《繼母的拖油瓶是我的前女友(2) 即使不再是戀人》。我們第三集再見。

哈嗚——肩膀好痠。水斗同學，請幫我揉肩膀。
胸部太大肩膀真的容易痠……我動不了了。
我決定要老死在水斗同學的床上。我跳——
滾來滾去。

好了我知道了啦，不要把妳
身上的味道擦在我床上！

請你……溫柔一點喔？嗯嗚……唔！
好舒服……嗚嗚……！

在學輕小說裡常見的「假裝在做色色的事
其實尺度絕對健全的描寫」啊。

距離感都亂掉了!!
我看你們其實正在交往吧！
根本正牌現任女友吧！

哪有～？我們之前就是這樣了啊，
對不對，水斗同學？

應該一直都是這樣吧。就朋友啊。

我知道了！因為你們沒交過幾個朋友，
所以搞不清楚朋友的距離感！

真沒禮貌。我們好歹也有……一兩個朋友……

…………哎，每個人都有自己的距離感嘛。

你們先停止在床上黏在一起
再來跟我找藉口！

4
しめさば
插畫／足立いまる
角色原案／ぶーた
刮掉鬍子的我與撿到的女高中生
Kadokawa Fantastic Novels

刮掉鬍子的我與撿到的女高中生 1~4 待續

作者：しめさば　插畫：足立いまる　角色原案：ぶーた

上班族 × JK，兩人的同居生活邁入倒數計時!?
日本系列銷售突破70,0000冊！

沙優的哥哥一颯突然來訪，兩人的同居生活突然面臨結束。回家期限在即，沙優緩緩道出自己的往事，關於學校，關於朋友，關於家庭。沙優為何會離家出走，而來到這麼遙遠的城市呢？這段日子跟吉田住在一起，她所獲得的又是什麼？事態急轉的第四集！

各 **NT$220~250/HK$73~83**

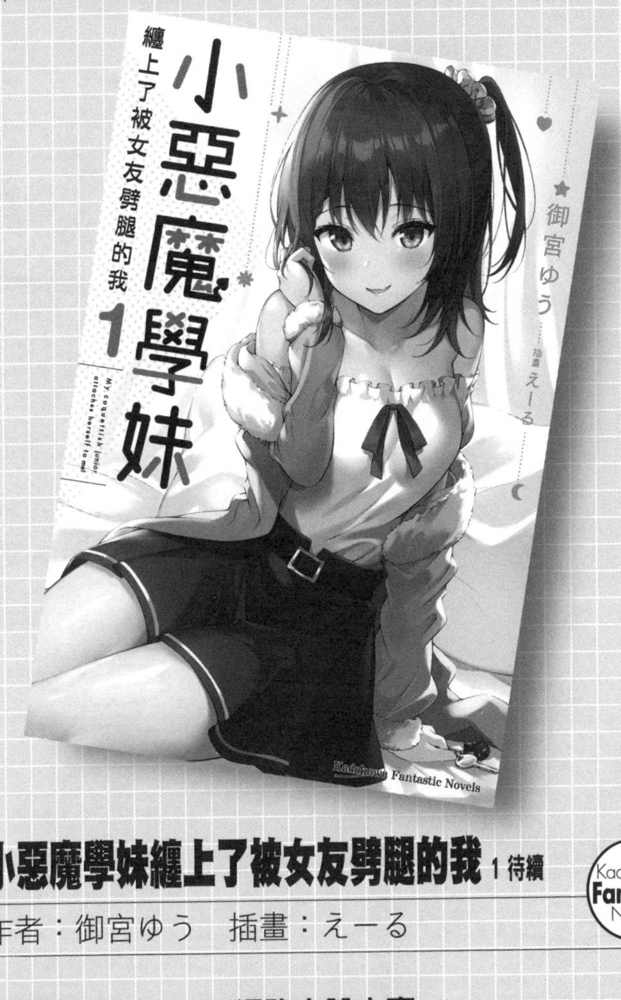

小惡魔學妹纏上了被女友劈腿的我 1 待續

作者：御宮ゆう　插畫：えーる

第四屆KAKUYOMU網路小說大賽
戀愛喜劇類「特別賞」得獎作品！

聖誕節前夕被女友劈腿的我——羽瀨川悠太，遇見了穿著聖誕老人裝的美少女——志乃原真由。身為學妹的那傢伙，總是捉弄著正處情傷的我，卻又看不下去我自甘墮落的生活而做美味的料理給我吃——相近的距離教人心焦，有點成熟的青春戀愛喜劇登場！

NT$220/HK$73

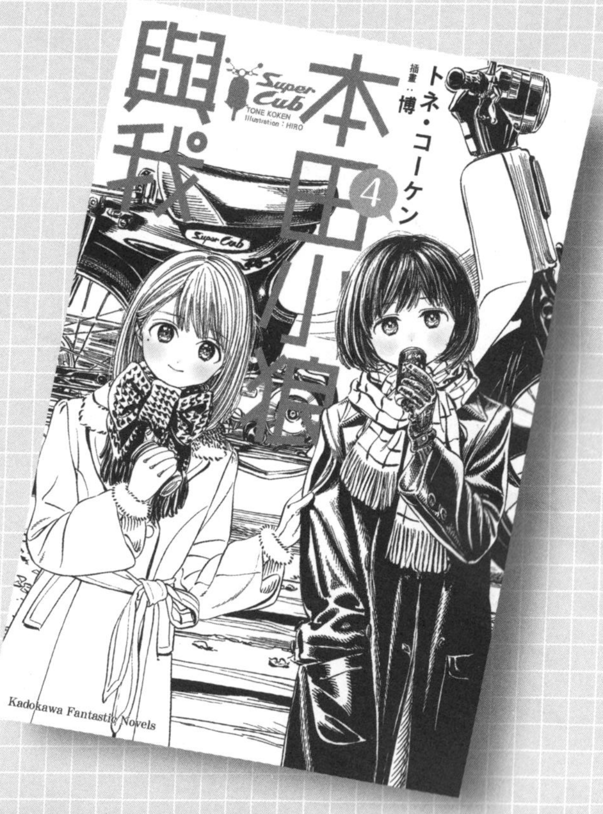

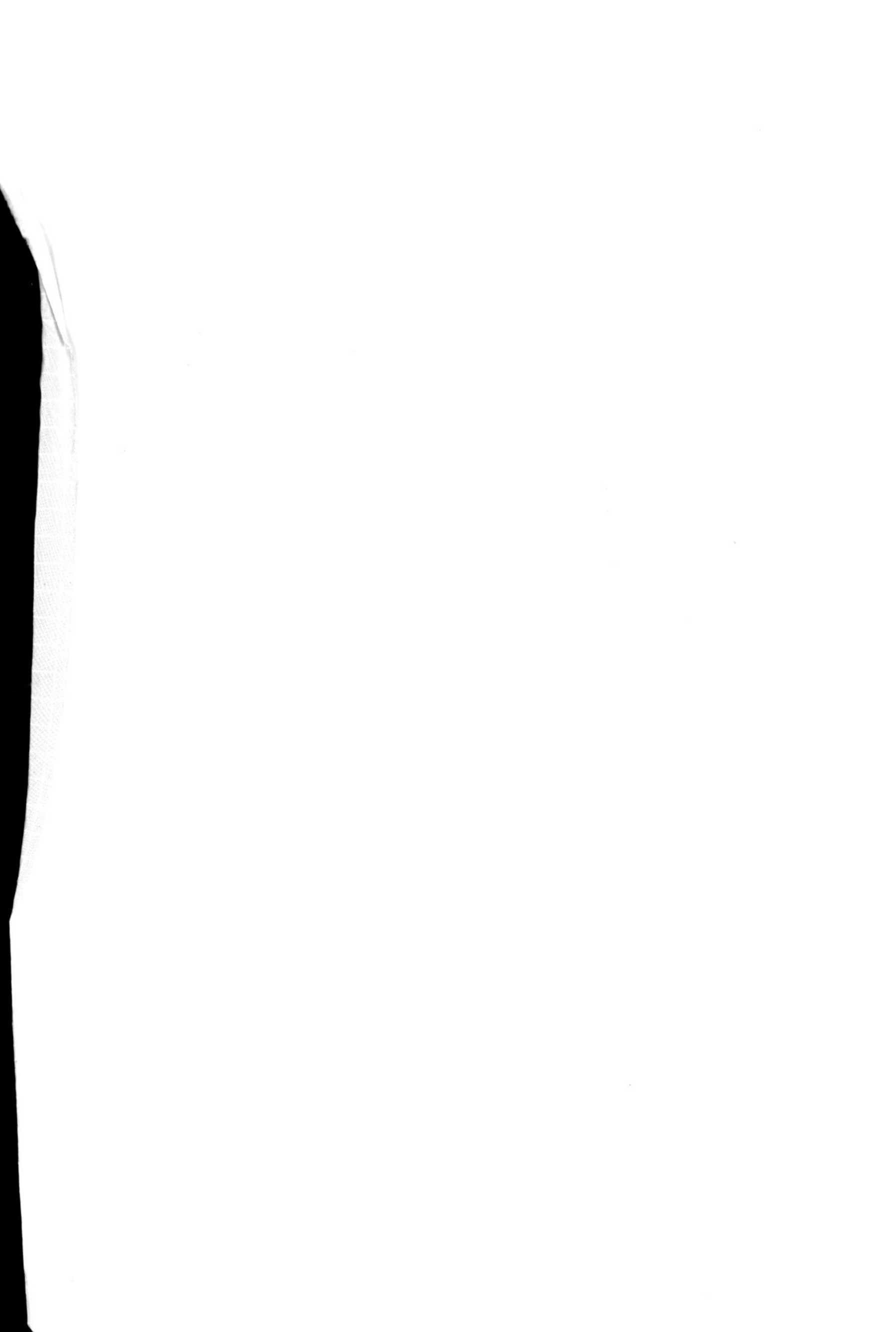

國家圖書館出版品預行編目資料

繼母的拖油瓶是我的前女友. 2：即使不再是戀人/紙城境介作；可倫譯. -- 初版. -- 臺北市：臺灣角川股份有限公司, 2021.04

面； 公分. -- (Kadokawa fantastic novels)

譯自：継母の連れ子が元カノだった 昔の恋が終わってくれない

ISBN 978-986-524-360-9(平裝)

861.57　　110002183

Kadokawa
Fantastic
Novels

繼母的拖油瓶是我的前女友 2
即使不再是戀人

（原著名：継母の連れ子が元カノだった2　たとえ恋人じゃなくたって）

2021年4月22日　初版第1刷發行
2022年8月25日　初版第3刷發行

作者：紙城境介
插畫：たかやKi
譯者：可倫

發行人：岩崎剛人
總編輯：蔡佩芬
編輯：邱瓈萱
美術設計：宋芳茹
印務：李明修（主任）、張加恩（主任）、張凱棋

發行所：台灣角川股份有限公司
地址：104台北市中山區松江路223號3樓
電話：（02）2515-3000
傳真：（02）2515-0033
網址：www.kadokawa.com.tw
劃撥帳戶：台灣角川股份有限公司
劃撥帳號：19487412
法律顧問：有澤法律事務所
製版：巨茂科技印刷有限公司
ISBN：978-986-524-360-9